An der Raststätte

Rainer Wochele, 1943 in Brünn geboren. Studium der Psychologie, Philosophie, Theaterwissenschaft. Lebt und arbeitet als freier Schriftsteller in Bad Cannstatt. Schreibt Romane und Theaterstücke.
Mitglied im deutschen PEN, in der europäischen Autorenvereinigung „Die Kogge“ und im VS Baden-Württemberg. Ausgezeichnet u. a. mit dem Thaddäus-Troll-Preis. Langjähriger Moderator des Autorentreffens „Irseer Pegasus“.
Bei Klöpfer & Meyer erschienen bislang: „Das Mädchen, der Minister, das Wildschwein. Roman“ (2001), „Der Flieger. Eine Novelle“ (2004). „Der General und der Clown. Roman“ (2008) und „Sand und Seide. Eine Erzählung“ (2012). Zuletzt erschien „Der Katzenkönig. Eine Erzählung“ (2015).

Rainer Wochele

An der Raststätte

Eine Exkursion

k,n

„Der Mensch muss wissen, dass er seinen Platz wie ein Zigeuner am Rande des Universums hat."

Botho Strauß

Sie fahren. Sie kommen. Sie essen. Sie trinken. Und einmal Pommes mit Ketchup. Ruhen aus, reden, telefonieren. Und die Frischepfanne. Und norwegisches Lachsfilet mit Petersilienkartoffeln. Auf jeden sechsten Autobahnkilometer kam ein toter Arbeiter. An der Stadtapotheke in Wiesloch ging Bertha Benz am 5. August 1888 auf dieser ersten Fernfahrt der Automobilgeschichte der Treibstoff aus, damals eine Ligroin genannte Flüssigkeit, die vor allem als Waschbenzin Verwendung fand. Und Kartoffelsalat Münchner Art. Auf jeden sechsten Autobahnkilometer kam ein toter Arbeiter. Zucchini-Mais-Salat. Bis dato zweispurige Richtungsfahrbahnen ohne Leitplanken. Deutschlands erste Raststätte war „Rodaborn“, 1936 in Betrieb genommen. Und Currywurst mit Pommes. Heute fünfzehntausend in Deutschland. Frischepfanne und Penne al Pomodoro. Die Männer ins wasserlose Urinal Marke Urimat. Sie kommen, sie fahren. Und einmal Pommes mit Ketchup. Kommen.

Herrgottzack

Um vierzehn Uhr zweiunddreißig fuhr der Elektroinstallationsmeister Michael Schlesinger mit seinem schwarzen VW-Passat auf den Parkplatz, stellte den Wagen ab, stieg aus und ging darauf zu. Schlesinger kam aus Ulm, wo er ein Ladenlokal angemietet hatte, um darin neben seinem Zentralgeschäft in Stuttgart-Münster eine Filiale für Elektrogeräte aus dem Haus- und Küchenbereich einzurichten. In Ulm hatte er sich mit ihm getroffen, der von seinem Studienort München per tramp nach Hause unterwegs war. An der Theke bestellte Schlesinger bei einer der Frauen das Mittagsmenü und setzte sich mit seinem Tablett an einen Tisch, so dass er freien Blick auf den Parkplatz hatte.

Was glaubt der eigentlich? Was bildet der sich eigentlich ein? Nur weil ich ihn studieren lasse, meint der, er kann mich als einfachen Handwerksmeister so behandeln, der mit seinem Akademikergeschwätz. Na ja, jetzt kann er sehen, wie er von der Autobahn weg und heimkommt. Zu Fuß. So, ich werde jetzt anhalten und du steigst aus. Hier? Ja, hier. Mitten auf der Autobahn? Ja, mitten auf der Autobahn. Vadder, Vadder, mach dich nicht lächerlich, Vadder.

Schlesinger aß von dem panierten Schnitzel und

schaute hinaus. Ein schweres metallic-weißes Daimler Cabriolet fuhr forsch auf den Parkplatz und hielt in einer Lücke an. Man sah, die Person am Lenkrad nahm die Ledermütze ab. Ein Wust langer blonder Haar quoll hervor. Sie schob die Brille hoch. Es war eine Brille, wie sie früher Motorradfahrer getragen hatten. Schlesinger sah ihn in dem schweren offenen Wagen neben ihr sitzen. Und gestikulieren.

Herrgottzack, dachte Schlesinger, Herrgottzack. Ein warmes Gefühl stieg in ihm hoch. Die Frau war älter als er. Aber nicht viel. Schlesinger schnitt ein Stück vom Wiener Schnitzel ab. Was machst du, wenn die jetzt hereinkommen und er dich hier sitzen sieht? Was machst du dann, Herrgottzack?

Dumme Umstände

Sehen Sie, das war eine Verkettung von saudummen Umständen, und jetzt bin ich meinen Führerschein los. Bis auf weiteres. Vielleicht für die nächsten paar Monate. Was für mich eine Katastrophe ist.

Da gehst du nach deiner beruflichen Verabredung bei Schneiderhahn und Papst wegen der Lieferschwierigkeiten deines Fahrradgroßhandels, gehst du also in Ulm über den Wochenmarkt, der rund um das Münster aufgebaut ist. Du isst eine Bratwurst, trinkst ein erstes Glas Punsch, der da angeboten wird. Und weil dir der Punsch schmeckt, stark wie er ist, trinkst du noch ein zweites und ein drittes Glas. Dann fährst du über die Autobahn heim Richtung Esslingen. Vielleicht fährst du ein bisschen zu flott.

Sehen Sie, ich bin kein Alkoholiker. Ich bin alles andere als das. Ab und zu ein Glas Wein zum Essen, ein Glas als Absacker am Abend. Mehr nicht.

Jedenfalls dann: Polizei überholt mich, winkt mich an der Raststätte Albheide raus und auf den Parkplatz. Lässt mich blasen. Zwei nette junge Polizeibeamte. Keine Scharfmacher. Keinesfalls übel wollend. Das Ergebnis ist wohl signifikant. „So können Sie nicht weiterfahren."

Ich muss das Auto stehen lassen. Sie fahren mich nach Esslingen und dort zu einer polizeilichen Blutentnahmestelle. Auch dieses Ergebnis ist eindeutig. Meinen Führerschein behalten sie ein, erklären, ich würde von der Staatsanwaltschaft hören. Um eine Strafzahlung käme ich wohl nicht herum. Und all dies in freundlichem und verbindlichem Ton. Mein Auto könnte mir ja ein Freund holen.

Muss sehen, wie ich jetzt ohne Führerschein klar komme. Wird nicht einfach sein. Muss ja allerlei Kundenbesuche machen, um meinen Fahrradgroßhandel am Laufen zu halten. Also Taxi. Oder ich heuere mir einen Studenten mit Führerschein an, dem ich damit einen guten Job als Fahrer verschaffe. Dumm gelaufen, dumm gelaufen.

Ödes Schmutzgewerbe?

Und dann hatte der siebenunddreißig Jahre alte Raimund Rathgeb das Bedürfnis, seine Gedanken zu ordnen und sich klar darüber zu werden, was ihm da widerfahren war. Er wollte das bei einem Kaffee und einem Stück Schwarzwälder Kirschtorte tun. Er steuerte den Ford, es war ein Geschäftswagen, auf dem Parkplatz in die Nähe des Eingangs und hatte wenig später mit seinem Tablett vor der Raststätte einen Platz gefunden.

Rathgeb war bei der Esslinger Firma Deuschle, Rohrreinigung, Kanal- und Rohrsanierung, angestellt, und er kam soeben aus dem kleinen Ort Vorderweiler, wo er bei einer Frau Feldmaier die Toilette freigängig gemacht hatte. Er hatte dies, wie bei häuslichen Vorfällen dieser Art in der Firma üblich, mit der Spirale getan. Und als er mit der Arbeit fertig gewesen war und die Spirale zusammenrollte, war diese Frau Feldmaier in der Tür erschienen. In einem weißen Bademantel. Den sie auch gleich öffnete. Und unter dem sie unbekleidet war. Rathgeb hatte nur ein „Na, na ...!" herausgebracht. Aber da flüsterte die Frau bereits, ihr Mann habe sie verlassen. Rathgeb war der Mund trocken geworden, und er war hinaus in den Flur gegangen, hatte die Spirale zu Boden gelegt und aus seiner Monteurtasche den Abrechnungsbogen herausgenommen, den er auch gleich auszufüllen begann. Da spürte er diese Frau Feldmaier an seinem Rücken. Kurz darauf schob sie ihn ins Nebenzimmer, wo sie ihn herriss zu sich und sofort den Reißverschluss seines blauen Overalls aufzog. Was war das, fragte sich Rathgeb jetzt und trank einen Schluck Kaffee, was war das bloß? Mein Gott ja, die, die ... Und dann vernahm Rathgeb eine kichernde Stimme in sich, die sagte: Berufsrisiko, mein Freund. Du hast eben einen sehr risikoreichen Beruf. Aber deine Tätigkeit wird immer unterschätzt als ein ödes Schmutzgewerbe. Und dann riet ihm die Stimme, er solle jetzt heimfahren und auftreten wie jemand, der soeben eine große Gefahr überstanden habe. Rathgeb schaufelte die Schwarzwälder Kirschtorte in sich hinein.

Im Cabriolet cruisen

„Frischen Sie den Kontakt mit den schönen Seiten des Lebens auf: langsam durch die Stadt cruisen, während die Sonne Glückshormone freisetzt. Weitere Endorphin-Ausschüttungen durch die Kraft des Motors. Das elegante Inteurieurdesign und hochgezogene Augenbrauen genießen: sehen und gesehen werden, umschmeichelt von edlen Materialien und höchstem Komfort."

Gerumpel im Anhänger

Was war da hinten eigentlich los? Kloppten sich die etwa? Lamprecht wusste, Rebecca, die Holsteiner Stute, war normalerweise sehr verträglich. Also konnte der Radaubruder nur der Nordwind sein. Schon wieder ein Schlag gegen die Wand des Anhängers. Offenbar musste Nordwind der Stute klarmachen, wer der Chef war. Und das war er, Nordwind, dieser kleine, weißmähnige Fjord-Hengst.

Kai Lamprecht fuhr mit seinem schweren BMW und dem Anhänger im Schlepp von Ulm kommend über die A 8 Richtung Leonberg zum heimatlichen Stall.

Beim Turnier in Ulm hatte sich Rebecca großartig verhalten. Hatte Sprungkraft bewiesen und Mut und Unerschrockenheit vor den Cavaletti und vor den Bodenricks. Und sie hatte hohes Tempo gehalten im Wassergraben, vor den Oxern und den anderen Hindernissen. Sie hatten in dem vorgegebenen Zeitfenster bestes Ergebnis erzielt, sodass Lamprecht mit seinem Pferd auf dem vierten Platz gelandet war. Er fand, das konnte sich sehen lassen. Und dann hatte er auch noch, sehr zum Vergnügen der Zuschauer, Nordwind an der Hand und dann auch unterm Sattel vorgeführt, den Burschen, der da hinten im Anhänger offenbar keine Ruhe gab.

Lamprecht entschloss sich, an der nächsten Raststätte rauszufahren und auf einem der Parkplätze hinten im Hänger nachzuschauen. Gegebenenfalls würde er den Hengst auf Distanz zur Stute festzurren. Und vielleicht sollte er ihnen auch noch etwas von den Futterpellets in die Fresssäcke schütten. Das würde sie beruhigen.

Lamprecht liebte den Umgang mit seinen Pferden. Einmal war er während eines Turniers in der Mixed Zone von einem Journalisten gefragt worden, worin der Unterschied zwischen einem guten und einem sehr guten Reiter bestehe. Lamprecht hatte zuerst nicht gewusst, wie er darauf antworten sollte. Schließlich hatte er gesagt, ein sehr guter Mann sitze nicht auf dem Pferd, sondern im Pferd. Der Journalist hatte ein verdutztes Gesicht gemacht. Und Lamprecht hatte ihm erklärt, ein sehr guter Reiter verschmelze gleichsam mit seinem Gaul, werde zu einem Teil dieser Kombination Mensch-Tier. Und somit könne er seinem Pferd mit Zügel, Fersen, Sporen, Schenkel und Sitz die nötigen Hilfen geben und das Pferd danke ihm dies mit starkem Charakter, der der Grundstein für jeden reiterlichen Erfolg sei.

Und wenn Kai Lamprecht nach solch einem Turniertag in seinem hellen, trockenen und gut belüfteten Stall durch die Boxengasse ging, da und dort eine halbe Mohrrübe zwischen weiche Lippen oder zwischen harte Zähne schob, hatte er ein wunderbares Gefühl. Er hätte diese Befindlichkeit gewiss nicht Glück genannt, er hätte vielleicht nur halblaut gesagt, hier, zwischen seinen Gäulen fühle er sich zu Hause. Und vielleicht würde er einen Blick auf die Boxenwand werfen, wo geschrieben stand: „Hier wohnt eine Meisterin“. Und unter dem Schriftzug sah man ein großes Foto, das Lamprecht mit Rebecca zeigte. Das Pferd hatte eine warme Decke aufliegen und Lamprecht stand in grüner wattierter Jacke dicht bei seinem Kopf, blickte zu ihm hin und kraulte ihm das Kinn.

Für eine Überraschung gut

Mensch, denk doch dran, Mensch. Der Baum und der Blum, die hauen dich um ..., das war doch der Satz gewesen, der damals auf den Fluren des Landtags oft die Runde gemacht hat. Baum ließ seinen schweren weinroten Wagen bis dicht vor die Raststätte rollen und parkte dann so, dass der weite Platz vor ihm lag. Sofort fiel ihm drüben die Reihe der eng nebeneinander stehenden schweren Sattelzüge auf.

Doch jetzt schmunzelte Baum. Er dachte wieder an seine und seines Freundes Frank Blum damals praktizierte politische Arbeit als Landtagsabgeordnete, wobei er, Baum, für eine wuchtige und griffige Rhetorik und Frank für glasklare messerscharfe Analyse zuständig gewesen war. Baum kam von Augsburg, wo er einen Verwandtenbesuch gemacht hatte, und er war unterwegs in die Landeshauptstadt, um am Geburtstagsempfang seines Freundes Frank, der dort Oberbürgermeister geworden war, teilzunehmen. Aber zuvor wollte er sich einen Cappuccino genehmigen. Er blieb noch einen Moment am Steuer sitzen.

Du hast jetzt ein Vierteljahrhundert Politik gemacht. Und das reicht, Mensch. Und obwohl du immer mit viel Herzblut dabei warst, ist die Entscheidung, jetzt aufzuhören, richtig. Du wirst wieder in deinem Beruf als Anwalt zurückgehen und kannst dich in die Sozietät Müller und Kroll in München einbringen. Mit dieser Entscheidung hast du im übrigen mal wieder die Erwartungen erfüllt, die oft an dich gestellt worden sind: immer für eine Überraschung gut zu sein. Zudem kannst du einige Unternehmen als Aufsichtsrat begleiten, eine Sache, die ordentlich Spaß macht. Und als Staatssekretär und Mittelstandsbeauftragter der rot-grünen Koalition damals hast du guten Einblick in die Probleme kleiner Unternehmen gewonnen.

Baum griff in die Innentasche seines Sakkos und spürte die zusammengefalteten zwei Blatt der Rede, die er auf seinen Freund im großen Sitzungssaal des Rathauses halten würde. Er stieg aus und schlenderte auf die Raststätte zu. Eine bunte Getränkedose lag auf dem Boden. Baum holte aus und kickte sie mit einem kräftigen Tritt die Gasse zwischen den geparkten Wagen entlang, wo sie schließlich unter einem der abgestellten Sattelzüge liegenblieb. Der Fahrer, der dies beobachtet hatte, blinkte ihn mit den Scheinwerfern an. Baum winkte ihm zu und lachte.

Höchste Frischluftdichte

„Endlich ausscheren und mit der Stärke von ganzen Herden von Wildpferden ins Offene ausbrechen. Von der höchsten Verkehrsdichte in die höchste Frischluftdichte. Dank AIRCAP (optional) rauscht deren Kühle über Ihnen vorbei. Nur die Erfrischung kommt bei Ihnen an."

Trucker

Ich bin, was meinen Beruf betrifft, familiär nicht vorbelastet. Aber während meiner ersten Ausbildung zum Elektroinstallateur bin ich oft im Lkw mitgefahren. Und auf diesen Fahrten ist in mir der Gedanke gereift, dass ich lieber einen Beruf mit Abwechslung hätte. Und das bietet für mich der Job des Fernfahrers tatsächlich. Ich habe mich dann bei meiner jetzigen Spedition beworben und war dort einer der ersten, der zum Berufskraftfahrer ausgebildet wurde.

Wir haben 70 Zugmaschinen und etwa 450 Auflieger für den nationalen und internationalen Fernverkehr. Derzeit fahre ich meist mit Containern oder Aufliegern zu den Kombi-Terminals der Bahn. Am liebsten fahre ich mit einem unserer neuen Volvos. Vor allem die richtige Ladungssicherung macht mir dabei Spaß. Unsere Lkw sind sehr gut ausgestattet. Dann bringe ich die Auflieger meist nach Hamburg. Mir gefällt der Kontakt mit den Leuten vor Ort.

Raststätte Chiemsee

„Die immer stärkere Verbreitung des Automobils führte besonders in der ersten Hälfte des zwanzigsten Jahrhunderts zu ganz neuen infrastrukturellen Erfordernissen. Ein Auto benötigt einen ganz anderen Straßenbelag als die Pferdekutsche und statt des Ausspanns brauchte man nun Tankstellen. Die höhere Geschwindigkeit führte bald zu dem Wunsch nach kreuzungsfreien Autostraßen – den Autobahnen. Adolf Hitler griff diese bereits 1933 entstandenen Ideen und Pläne auf und begann, sie propagandagerecht in die Realität umzusetzen. Entsprechend der nationalsozialistischen Idee des ‚Heimatschutzes' führte man die Trassen durch die landschaftlich schönsten Gebiete des damaligen Reiches. Entlang der Strecken der neuen Reichsautobahn entstanden Tankstellen und Rasthäuser, an denen die Reisenden sich und ihre Fahrzeuge versorgen konnten.

Gemeinsam war all diesen Raststätten das konservative, am regionalen Baustil ausgerichtete Design und eine Einrichtung, die doch eher an ein deutsches Wohnzimmer als an ein Restaurant erinnerte. Die Gebäude des ersten Autobahn-Rasthauses, des damals auch als propagandistisches Vorzeigeprojekt dienende ‚Rasthaus Chiemsee', entwarf der Münchner Architekt Friedrich Norkauer, der sich als Vorbild für den Betrieb einer modernen Tank- und Rastanlage die Funktion einer historischen Poststation vorgestellt hatte. Auf einer langgestreckten, fast dreieckigen Fläche zwischen der Autobahn und dem Ufer des Chiemsees wurde die an ein typisch bayerisches Großgehöft im Landhausstil erinnernde Anlage in den Jahren 1937/1938 errichtet. Die Rastanlage war großzügig ausgestattet, sie verfügte neben dem Hoteltrakt über ein Restaurant mit Terrasse für 1300 Gäste, Andenkenläden, einen Friseur, ein See-Freibad mit Liegewiese, eine Dampferanlagestelle und einen kleinen Hafen für Motor- und Segelboote.

Für den KdF-Wanderer, der am Wochenende mit Volkswagen und Zelt auf der Autobahn unterwegs war, wurden auf den Rastplätzen Brunnen angelegt, um nach einer Übernachtung im Zelt gleich neben der Strecke am Morgen fließendes Wasser zum Waschen, Rasieren und Autowaschen zu haben. Wie stark die Autobahn und ihre Einrichtungen als Ziel für Ausflüge und Naherholung angenommen wurden, zeigen Berichte vom Feiertagsverkehr 1939 (Ostern und Pfingsten), als Rasthäuser und Parkplätze mit Ausflüglern überfüllt waren und auf den Streckenabschnitten Düsseldorf-Köln und München-Salzburg Rekordzahlen verzeichnet wurden."

Trucker

Ich habe zuerst eine Ausbildung zur Fachkraft für Lagerlogistik absolviert und dann auf eigene Kosten den Lkw-Führerschein gemacht, da mich mein gelernter Beruf nicht dauerhaft zufrieden gestellt hätte. Ich habe zuerst als Aushilfe bei der Spedition Meinhardt angefangen. Wir haben 50 Lkw, Kipper, Silo- und Kühlzüge. Dort bin ich als Springer die erste Zeit alles gefahren, was so angefallen ist. Wir ziehen unter anderem in Früh- und Spätschicht Kühltrailer für Kraftverkehr Hansmüller im Nord-Süd-Verkehr und tauschen bei uns auf dem Hof. Meine Freundin hat mich immer unterstützt, auch als ich den Job gewechselt habe. Letztes Jahr haben wir dann geheiratet. Nun bin ich sehr froh, dass ich jeden Tag bei meiner Familie bin, denn ich möchte schon miterleben, wie unser kleiner Sohn heranwächst.

Ein großes Missgeschick ist mir einmal auf der A 33 zwischen Paderborn und Bielefeld passiert, wo ich auch mit einem Trailer von Meinhardt unterwegs war. Ein Pkw kam von hinten angeschossen, hat mich überholt, fuhr in die Leitplanke und hat sich vor mir gedreht, sodass ich nicht mehr bremsen konnte und ihn frontal gerammt habe. Zum Glück gab es nur einen Blechschaden.

Die Straßen des Führers

„Am 19. und 20. Juli 1940 beherbergte die Raststätte Chiemsee die jährliche Arbeitstagung der RAB Straßenmeister. Neben rein fachlichen Themen spielte auch die NS-Ideologie eine große Rolle. In einer Rede im Rahmen der Veranstaltung postulierte Fritz Todt: ‚Sie sind die Straßenmeister der Reichsautobahnen. Diese Straßen werden nicht nur, solange wir leben, unser Schicksal sein, sondern auch nach tausend Jahren werden sie noch die Straßen des Führers heißen. An ihnen zu arbeiten, sind Sie und Ihre Mitarbeiter berufen.'

Kurz darauf wurde die Anlage der Wehrmacht zur kriegswichtigen Nutzung als Genesungsheim übergeben. Die Luftschutzräume im Keller des Hoteltraktes sind als Zeugnis des Krieges bis heute größtenteils erhalten geblieben.

Nach Ende des Krieges übernahm die amerikanische Armee das Anwesen, um dort ein Erholungszentrum für US-Soldaten und ihre Familien zu schaffen. Das ‚AFRC Lake Hotel' (AFRC = Armed Forces Recreation Center) war über Jahrzehnte hinweg ein beliebtes Urlaubsdomizil vieler in Deutschland stationierter amerikanischer Soldaten."

Jetzt haben wir den Salat

„Hast du noch getankt, als Jessica und ich auf dem Klo waren?", fragte Liselotte Grimm ihren Mann.

„Denen werd ich doch mein Geld nicht in den Rachen werfen! Auf der Autobahn ist der Sprit einfach zu teuer! Wenn ich hundertzwanzig fahre, kommen wir locker bis Leonberg nach Hause.

„Gepinkelt habe ich am Parkplatz hinter einem Busch", sagte Manfred Grimm und fädelte sich in die linke Spur ein, schaltete in den sechsten Gang, um Benzin zu sparen, und überholte einen Lastzug.

Beim Einscheren blickte er in den Rückspiegel und erschrak.

„Die Kleine ist nicht da!", rief er.

Liselotte Grimm dreht sich ebenfalls nach hinten: „Ach du liebe Zeit! Ich dachte, du hättest sie angeschnallt!"

„Wer war mit ihr auf dem Klo? Du oder ich?"

„Lass uns jetzt bitte nicht streiten! Jessica wollte sich noch für den Klo-Gutschein eine Süßigkeit an der Raststätte kaufen!"

„Diese Gutscheine hat der Teufel gesehen! Sie verführen die Leute, sie sofort einzulösen. Jetzt haben wir den Salat!"

„Darum geht's doch nicht, Manfred! Unser Kind

ist weg. Ich ruf die Polizei an!", sagte sie, griff zu ihrer Handtasche und zog ihr Handy heraus.

Sie schilderte der Polizei den Sachverhalt und erfuhr, dass eine Autofahrerin das weinende Kind auf dem Parkplatz angesprochen und ihrerseits die Polizei verständigt hatte, die dort auf die Eltern des Kindes warte.

Manfred Grimm umklammerte wütend das Lenkrad. An der nächsten Ausfahrt verließ er die Autobahn und fuhr in Gegenrichtung zurück zur Raststätte. Als man dort eintraf, sahen sie das Polizeiauto im Schatten stehen, zwei Beamte daneben, sowie eine Frau, die die weinende Jessica an der Hand hielt und sich zu ihr hinunterbeugte.

Liselotte und Manfred Grimm schlossen ihre Tochter in die Arme, bedankten sich überschwänglich bei der hilfsbereiten Frau, und da sie der Polizei die Abläufe sehr plausibel erklären konnten, sah diese von Ermittlungen ab.

Mit dem schluchzenden Kind auf dem Rücksitz fuhren sie eine Weile schweigend weiter.

Dieser Geizkragen, dachte Liselotte. Seine übertriebene Sparsamkeit hätte uns fast eine Katastrophe beschert. Hätte man gemeinsam eine gemütliche Kaffeepause in der Raststätte eingelegt, wäre das alles nicht passiert! Aber nein, es mussten ja unbedingt die trockenen Semmeln von Zuhause hinuntergewürgt werden. Kein Wunder, dass das Kind Lust auf eine Süßigkeit bekommen hat.

Sie kriegt nichts hin, dachte Grimm. Das bisschen Haushalt und die Betreuung eines Kindes müsste doch zu schaffen sein. Da legt man sich krumm, will seiner Familie etwas bieten, macht einen netten Sonntagsausflug und weil sie nicht richtig aufpasst, läuft die Sache beinahe völlig aus dem Ruder. Was war mir das peinlich vor den Polizisten.

„Jessica, nun hör doch auf mit dem Geplärre!", schnauzte Manfred Grimm seine Tochter an.

Seine Frau sagte nichts.

Kostenkontrolle

„Zeit und Geld – ihren Wert können Sie als Selbständige oder Selbständiger besonders gut einschätzen. Zu wenig bedeutet Einschränkung und Stillstand. Genug von beidem schafft geschäftliche Freiräume, bringt Bewegung und Fortschritt. Kommen Sie besser voran: Mit CarPort professional."

Splitterfasernackt

Wissen Sie, so eine Anlage wie die unsere ist ja irgendwie ein rechtsfreier Raum. Das habe ich als Chef oft erlebt. Da treffen sich hier Leute, um dunkle Geschäfte abzusprechen. Hier treffen sich Männer mit ihren Geliebten. Da passieren die komischsten Sachen. Na, zum Beispiel, kommt ein Bus auf den Parkplatz gefahren. So dreißig, vierzig Männer springen heraus und fangen sofort an, sich nackig auszuziehen. Dann rennen sie splitterfasernackt über die Wiese hinter der Anlage, kommen zurück und erzählen im Restaurant, es sei um eine Wette gegangen. Was soll man dazu sagen? Oder, ein andermal: Ein Paar fährt vor die Raststätte. Die Frau steigt aus, um auf die Toilette zu gehen. Als sie zurückkommt, ist der Mann ohne sie weitergefahren. Ich habe die Polizei verständigt. Die hat den Mann dann auf der Autobahn erwischt und gestoppt. Anderntags stand eine Meldung in der Zeitung, in der es hieß, der Mann habe angegeben, er habe seine Frau einfach vergessen. Ha, ha, ha …

Sonderlager

„Im Oktober 1939 wurde für ‚arbeitsscheue' Westwall- und Autobahnarbeiter das SS-Sonderlager Hinzert im Hunsrück eingerichtet; es bildete den Prototyp aller späteren Arbeitserziehungslager."

Die Frau hinter der Theke

Ich bin Läuferin. Marathonläuferin. Ich hab' Köchin gelernt. War in guten Häusern. Aber die Arbeitszeiten in den Restaurants, abends und dann bis in die Nacht hinein, haben dazu geführt, dass ich nicht mehr richtig trainieren konnte. Da bin ich in unsere Anlage Albheide gegangen. Schichtbetrieb. Roland Ludewig, der Chefkoch und ich, wir machen es manchmal unten im Materiallager. Ich hab das sehr gern. Mein Mann ist viel auf Baustelle. Er ist Silikoner, verfugt die Ritzen zwischen neu eingesetzten Fenstern und Mauerwerk. Ich trainiere jetzt auf den Frankfurt-Marathon. Das Gefühl, wenn du bei einem Lauf in müheloses Schwingen kommst, ist fast so schön wie das Gefühl beim Vögeln. Silikoner ist er. Na ja ...

Dann, im Wald

Die sitzt jetzt neben mir.

Was hat man denn? Was hat man denn als Junggeselle und Buchhandelsvertreter. Bildbände, Fachbücher über Juristisches, wir sind ja spezialisiert auf juristische Fachliteratur. Daneben noch ein kleines Sortiment Belletristik. Hübsche Erzählungen, Geschenkbücher halt. Was hat man denn? Das Fahren von einem Buchladen zum nächsten, von einer Stadt in die nächste. Und die vielen Hotels.

Die wollte doch mitgenommen werden. Hat mich angesprochen, als ich gerade losfahren wollte. Wie sie jetzt dasitzt in ihren superengen Jeans. Aber die werd ich ihr schon runterziehen, dann, im Wald. Kenn da einen Weg, der in den Wald reinführt.

Warnung bei Spurwechsel

„Warnung bei einer für einen Spurwechsel kritischen Situation durch LED-Anzeige am jeweiligen Außenspiegel. Zwei Radarsensoren erfassen das sich seitlich von hinten nähernde Fahrzeug und messen den Abstand sowie die Geschwindigkeitsdifferenz. Der Spurwechselassistent unterstützt ab etwa 30 km/h. Einmalige Aktivierung über MMI-Car-Menü."

Trucker

Ich fahre Nacht für Nacht Post, habe dadurch den Vorteil, dass ich fast jedes Wochenende zu Hause bin. Meine Kinder sind schon 35 und 26, von denen habe ich immer ein Bild mit an Bord und natürlich von meiner Frau, mit der ich seit 45 Jahren verheiratet bin. Die Bilder habe ich auf dem Handy und nehme sie auch als Bildschirmschoner, so sehe ich meine Familie mehrmals am Tag.

Ich bin als Lkw-Fahrer regelmäßig für sechs Wochen durch Europa unterwegs. Neben Bildern von meinen Söhnen und meinem Enkel habe ich Gegenstände dabei, die mir andere Fahrer geschenkt haben. Heiligenbilder aus Italien, ein Türkisches Auge und einen Rosenkranz zum Beispiel. Dazu habe ich immer Ratgeberbücher mit an Bord, in denen ich in langen Pausen lese, um Energie zu tanken. Und außerdem bete ich zweimal am Tag zum lieben Gott.

Mythos Autobahn

„Autobahn" ist ein Reizwort. Natürlich für Umweltschützer, aber nicht nur für sie. Die Erwähnung der Reichsautobahnen kann auch im 21. Jahrhundert Karrieren beenden.

Zuletzt erlebt das im öffentlich-rechtlichen Rundfunk die Nachrichtensprecherin Eva Herman, die in einer ZDF-Talkshow über ihre umstrittenen Äußerungen zur NS-Familienpolitik sagte: „Es sind auch

Autobahnen gebaut worden damals, und wir fahren heute drauf."

Die Reaktion anderer Gäste der Gesprächsrunde war einmütig: „Das kannst du so nicht sagen", befand Margarethe Schreinemakers, und Johannes B. Kerner stellte fest: „Autobahn geht halt nicht." Kurze Zeit später verwies der Gastgeber Kerner Eva Herman des Studios.

Noch bis in die Sechziger-, teilweise Siebzigerjahre hinein, ergaben mehrfach repäsentative Umfragen von Meinungsforschungsinstituten, relativierend Strategien in der westdeutschen Öffentlichkeit, die um die Autobahnen kreisten: Viel Schlimmes habe Hitler getan, gewiss, aber er habe doch auch die Autobahnen gebaut, konnte öfter gehört werden.

An einladender Landschaft

„Die erste deutsche Autobahn-Raststätte befand sich in Thüringen. Das Rasthaus Rodaborn an der heutigen A 9 nimmt in mehreren Beziehungen eine Sonderstellung ein. Die Gaststätte wurde bereits 1928 als Ausflugsgaststätte in der Nähe der Rodaquelle in einem Waldgebiet nördlich der Stadt Triptis erbaut. Sie war also ursprünglich gar keine Autobahn-Raststätte, sondern lag einfach nur zufällig unmittelbar an der einige Jahre später gebauten Autobahnstrecke von Berlin nach Nürnberg am Kilometer 202. Da die Landschaft dort sehr einladend ist, lag es nahe, die vorhandene Gaststätte 1936 als Autobahn-Raststätte zu nutzen, obwohl sich zum gleichen Zeitpunkt die nur 13 km weiter nördlich gelegene große Raststätte am Hermsdorfer Kreuz bereits im Bau befand.

Dieser Umstand machte sie auch zu DDR-Zeiten als Raststätte für den Binnenverkehr entbehrlich. Ihre Aufgabe bestand bis 1990 in der Funktion als Raststätte für den Transit-Busverkehr zwischen Bayern und West-Berlin. Kraftfahrer aus der DDR durften sie weder betreten noch den zugehörigen Parkplatz nutzen. Eine ähnliche Funktion, allerdings ohne die erwähnten Beschränkungen, hatte sie bereits kurz vor Ausbruch des II. Weltkrieges inne, als dort im Sommer 1939 die Reichsbahn-Kraftomnibusse auf der Fahrt zwischen Berlin und München planmäßig Mittagspausen einlegten."

Servicefrau

Mein Land ist zerschossen. Aleppo ist zerschossen. Meine Schule ist zerschossen. Wie gut, dass ich Deutsch kann. Hab ja Deutsch unterrichtet, daheim. Putze ich eben jetzt hier die Tische. Der Weg vom

Lager Messstätten ist nicht weit. Mit dem Bus eine halbe Stunde. Und was bezahlt wird, ist ordentlich. Der Chef, der Herr Breitling, ist ein honoriger Mann. Die Kolleginnen und Kollegen an der Theke und in der Küche sind freundlich. Nur der Chefkoch, dieser Herr Ludewig, hetzt immer gegen Flüchtlinge. Ich beklage mich nicht. Ich beklage mich nicht. Deutschland ist ein schönes Land.

Der Mensch kann durchschnittlich nur maximal 5 Objekte pro Sekunde beachten.

„Damit Sie sich auch wirklich uneingeschränkt auf den Verkehr konzentrieren können, haben wir den G. S. mit zahlreichen Fahrerassistenzsystemen ausgestattet. So sorgt die auf Wunsch erhältliche automatische Distanzregelung ACC inklusive City-Notbremsfunktion und Umfeldbeobachtungssystem ‚Front Assist' im Rahmen der Grenzen des Systems permanent für den richtigen Abstand zum Vordermann und warnt vor Kollisionen. Und der optionale ‚Blind Spot'-Sensor kann sie auf Gefahren im toten Winkel aufmerksam machen. Während sie also weiterhin den Verkehr vor sich im Blick haben, kümmert sich der G.S. um den Rest."

Papierkorbdurchwühler

„Fahr doch nicht so schnell, Knut. Bitte, Knut, wir sind auf einem Parkplatz."

„Was du nicht sagst."

„Da kann dir leicht einer reinspringen."

„So einer zum Beispiel. So ein Papierkorbdurchwühler. Die kotzen mich was an, kann ich dir sagen. Durchwühlen die Papierkörbe nach Flaschen. Der soll arbeiten. Dann braucht er nicht vom Flaschenpfand zu leben."

„Du hast leicht reden."

„Ja …?"

„Ja, du hast wirklich leicht reden. Mit deinem Ingenieurbüro machst du fettes Geld."

„Aber ja, natürlich."

„Gib dem Mann doch einen Schein, Knut."

„Ich denk nicht dran."

„Was verdient einer deiner Ingenieure, sag mir, was verdient der?"

„Meine Leute verdienen alle sehr gut. Wir haben einen erstklassigen Ruf im Bereich Schallschutz, Lärmschutz, Raumakustik. Da kann ich meine Leute auch gut bezahlen."

„Du solltest jetzt aussteigen, Knut und dem Mann einen Schein geben."

„Den Teufel werd ich tun. Ich brauch jetzt ein

kühles Bier und was zu essen. Wir gehen da jetzt in die Raststätte rein und hauen uns ordentlich was zwischen die Kiemen."

„Ich hab keine Kiemen."

„Ich weiß, ich weiß."

„Ich hab keine Kiemen."

„Statt Kiemen hast du die aufregendsten Lippen, die ich kenne. Komm Schätzchen."

„Ich hab dir schon tausendmal gesagt, Knut, du sollst mich nicht immer Schätzchen nennen."

„Komm, vielleicht haben die sogar Spaghetti. Auf Spaghetti hätte ich jetzt einen Mordsappetit. Komm, Schätzchen."

Mythosschwarz metallic

„Audi A 1d 1d.0TFSI ultra 3-Türer 70 kW (95 PS) 5-Gang, Mythosschwarz Metallic-Lackierung, MMI Radio, Aluminium-Gussräder im 5-Arm-Aero-Design, kontrastgrau/teilpoliert, Größe 7 X 16 Zoll, Klimaanlage, Außenspiegelgehäuse in Wagenfarbe, Start-Stopp-System u.v.m."

„Rudi, mit dem Flieger im Hänger nur achtzig und keine neunzig oder hundert."

„Ok, ok, ich geh schon runter."

Rudi Schlegel und Harald Hofgärtner waren in Schlegels schwarzem Audi, von Ulm kommend und soeben an der Raststätte Albheide vorbeifahrend, auf der A 8 unterwegs zum Segelfluggelände Kirchheim-Teck, wo ihr Verein seinen Standort hatte. In einem langgestreckten Anhänger schleppten sie ein einsitziges Segelflugzeug vom Typ Astir hinter sich her, mit dem Hofgärtner einen Überlandflug absolviert und bei dem Ort Westerstetten problemlos eine Außenlandung gemacht hatte. Nachdem Hofgärtner per Funk seinen Landeort mitgeteilt hatte, war Schlegel mit dem Anhänger dorthin gefahren. Sie hatten die Tragflächen vom Rumpf getrennt und Rumpf und Flächen in den Anhänger geschoben, hatten alles verzurrt und waren schließlich auf der Wiese, auf der Schlegel gelandet war, langsam zu dem nahen Feldweg und dann zur Landstraße hinausgefahren.

„Wir betreiben schon einen tollen Sport," sagte Schlegel jetzt.

„Ja, findest du?", sagte Hofgärtner und blickte hinaus in die Landschaft.

„Ja, finde ich, weil, schau mal, wir pumpen zum Beispiel beim Windenstart einen Energiebetrag X in das System Flieger/Seilwinde rein und wenn wir oben ausgeklinkt haben, nutzen wir nur noch die Sonnenenergie mit Hilfe der Thermik. Blick zu den Wolken, Blick zum Boden hinunter und dann spürst du, wie's an der Fläche zupft und rüttelt und das Ding mit dir drin höher will. Das ist Technik und Energie in einem Guss, das ist Ökologie und Flugzeugtechnik in harmonischster Verbindung."

„Du bist ein Romantiker, Harald."

„Bin ich nicht."

„Doch, das bist du."

„Vergiss nicht, ich arbeite in einem technischen Beruf."

„Wo du deine romantischen Anwandlungen versteckst. Aber sag mir, wie war der Flug sonst?"

„Schöööön", sagte Hofgärtner in seiner langgezogenen Sprechweise, wie er sie gelegentlich praktizierte. Und wenn einer seiner Flugschüler wieder einmal eine hundsmiserable Landung hingelegt hatte und das Flugzeug dann zum Stillstand gekommen war und der Schüler schließlich die Haube geöffnet hatte, trat Hofgärtner auf den Flieger zu und sagte nur: „Das war aber nicht schöööön ..." Und der Flugschüler wusste, das war die schärfste Rüge, die sein Fluglehrer ihm soeben erteilt hatte.

„Was war dein bestes Steigen?“, fragte Schlegel.

„Viereinhalb Meter pro Sekunde“, antwortete Hofgärtner. „Am Albtrauf. Ich kann dir sagen, da waren heute schon ziemliche Anfänger unterwegs. Einer kam mir beim Kurbeln gefährlich nahe. Und hat dann noch nicht mal meine Drehrichtung aufgenommen.“

„Ja, das sind die Schlimmsten. Da kannst du noch so sorgfältig Luftraumbeobachtung machen, wenn dir so einer in die Quere kommt, ist es das Beste, du rüffelst den über Funk, wenn er zufällig auf deiner Frequenz ist oder du machst eine Steilkurve, gehst raus aus deinem Kreis, drückst, machst Tempo und haust ab.“

Immer souverän

„Den eigenen Horizont erweitern? Grenzen überschreiten? Was auch immer Sie vorhaben, mit dem neuen Passat Alltrack bleiben Sie in jeder Situation souverän. Dafür sorgt neben dem zugstarken 4-Motion-Allradantrieb das spezielle Offroad-Fahrprogramm, das Sie zuverlässig auch dort unterstützt, wo vor Ihnen noch niemand war.“

Trucker

Ich fahre fast jedes Mal mit einem anderen Lkw, meistens zwischen Skandinavien und England. Ich hab einen Rosenkranz, den mir meine Mutter geschenkt hat, als ich angefangen habe mit dem Truckerleben. Den nehme ich mindestens dreimal in die Hand, damit ich sicher ankomme.

Vorne sitzt bei mir mein Glücksbringerbärchen immer in Sichtweite auf dem Armaturenbrett. Das hat mir Simone mit auf den Weg gegeben, damit ich immer dran denke, gesund nach Hause zu kommen. Außerdem telefonieren wir jeden Tag, das hilft mir vor allem in langweiligen Stunden, die Freude aufs Zuhause aufrecht zu erhalten.

Arbeitsplatz, Wohnung, Schlafraum

„Moderner Arbeitsplatz, attraktive Wohnung und gleichfalls Raum für erholsamen Schlaf –, die neu konzipierten Fahrerhäuser des neuen Actros werden diesem Anspruch in jeder Hinsicht gerecht. Allen voran das GigaSpace. Es macht die neue Dimension im Fernverkehr auf faszinierende Weise erlebbar. Zum Beispiel durch seine beeindruckende Stehhöhe von 2,13 m und das hervorragende Verhältnis von

Stauraumvolumen und Bewegungsfreiheit. Auch in der Breite setzt der neue Actros Maßstäbe: Denn die 2300 mm breiten Varianten sind auf Wunsch mit durchgehend ebenem Boden erhältlich. Und die 2500 mm breiten Fahrerhäuser bieten auf der Beifahrerseite durch die zurückgesetzten Ablagen über der Windschutzscheibe enorme Kopffreiheit.

Bessere Ergonomie mit praxisgerechten Lösungen war die Maßgabe für den neuen Arbeitsplatz. Und was sich so einfach anhört und unterwegs so gut anfühlt, ist das Ergebnis einer ganzen Reihe von ergonomisch und funktional fein aufeinander abgestimmten Komponenten. Dazu gehören zum Beispiel das neue Cockpit, die neuen Sitze und das neue Multifunktionslenkrad."

Kein Kaffee

Besser, ich geh jetzt bei der nächsten Raststätte raus, als dass ich dann im Gerichtsgebäude lang nach einem Klo suchen muss. Druck auf der Blase, ich hab Druck auf der Blase. Na schön -, jetzt stehen meine beiden Vorturner vorm Kadi. Angeblich falsche Information der Öffentlichkeit im Zusammenhang mit der Übernahme. War ja auch kühn. Oberkühn, der Plan der Oberhäuptlinge: Der kleine aber finanzstarke Sportwagenbauer übernimmt den Konzern mit all seinen Marken für Mittelklassewagen. Informationen streuen, damit sich die Aktienkurse bewegen. Werde sehen, wie sich die beiden vor Gericht einlassen. Noch ist mein Name nicht gefallen. Und ich hoffe auch, da nicht reingezogen zu werden. Welche Verantwortung hätte denn auch der Chef der Presseabteilung in der Angelegenheit haben können? Ich war nicht Mitglied des Aufsichtsrats und auch nicht Mitglied des Vorstandes. Fünfhundert Meter bis zur Raststätte Albheide. Frank Dettmann ging vom Gas und setzte den Blinker. Nein, er würde in der Raststätte keinen Kaffee trinken. Magenprobleme, in letzter Zeit, häufig Magenprobleme. Irgendwas anderes, was Mildes. Milch vielleicht.

Ziffern auf der Tür

„1853 steht in silbernen Ziffern auf der Tür. Das gab es zuletzt vor 20 Jahren bei der ersten Actros-Baureihe. Damals stand schon die 18 für das zulässige Gesamtgewicht in Tonnen und die 53 für 530 PS Motorleistung. Der wesentliche Unterschied: In den späten 90ern wummerte ein 15,9 Liter großer Achtzylinder (OM502) unterm Haus, heute kommt dieselbe Leistung im überarbeiteten Sechszylinder-Aggregat OM471 aus 12,8 Litern Hubraum.

Im Fahrerhaus des jüngsten Sprosses der Actros-Familie geht es zu wie immer. Allenfalls beim Blick in die Staufächer fällt auf, dass die verbaute Standklimaanlage neuester Generation nun ohne einen Kältespeicher auskommt, der bislang im Innenraum einigen Platz weggenommen hat. Den Speicher hat Mercedes beim 50 Kilogramm leichteren Neubau der Kältemaschine durch einen elektrischen Kompressor und zwei ebenfalls strombetriebene Lüfter ersetzt.

Schlüssel ins Schloss, Start-Knopf betätigen und schon geht's los – immer entlang der sommerlich warmen slowenischen Küste. Der 1853 rollt mit Tempo 65 und voll ausgeladenem Trailer am Haken entspannt dahin."

Elende Brotarbeit

Du verzettelst dich, mein Lieber, du verzettelst dich. Seminare, immer nur Seminare. Dein letzter Roman liegt nun zwanzig Jahre zurück. „Die vorläufige Erwiderung". Hat damals viel Aufsehen erregt. Das sei die Poesie einer Generation, hat es geheißen. Und allerhand gute Kritiken hast du bekommen. FAZ, Süddeutsche, ZEIT, und jetzt machst du Seminare, immer wieder nur Seminare. Romanseminare. Über das richtige Abfassen von Romanen. Und die Texte, die dir da von den Seminarteilnehmern und Teilnehmerinnen vorgelegt werden, sind oft auch nicht gerade Geniestreiche. Und an deinem neuen Buch sitzt du seit zehn Jahren. Und kommst nicht voran. Wegen dieser elenden Brotarbeit, den Seminaren. Die du im Schriftstellerhaus machst. Wo du auch noch schlecht schläfst. Weil der Bäcker, dessen Backstube zum Hof angrenzt, schon um vier Uhr früh Lärm macht. Und vom Charlottenplatz her unablässig das Verkehrsrauschen. Du brauchst jetzt einen doppelten Espresso. Da muss doch allmählich die Raststätte Albheide kommen. Unter den Seminarteilnehmerinnen, immer wieder auch sehr ansehnliche Damen. Aber die ansehnlichsten haben leider oft die schlechtesten Texte. Will eine einen Roman über eine Leichenwäscherin in einem Krematorium schreiben. Gute Frau, da müssen Sie dort erst ein halbes Jahr arbeiten, hab ich gesagt. Was ist denn ein literarischer Stoff? Schon das wissen sie nicht. Um das zu erfahren, kommen sie in dein Seminar. Sei nicht ungerecht.

Robert Knorpp, der die ganze Zeit über auf der linken Spur gefahren war, ordnete sich hinter einem schweren Sattelzug ein und merkte, auch der blinkte rechts, steuerte in die Einfahrt zur Raststätte Albheide.

Von Bug bis Heck

„Wer vorausfahren will, braucht Fahrzeuge, die diesen Anspruch in jeder Hinsicht erfüllen. Um Ihnen heute und in der Zukunft für den Fernverkehr ein optimales Fahrzeug anbieten zu können, haben wir uns angesichts der stetig steigenden Anforderungen an Komfort, Wirtschaftlichkeit, Fahrdynamik und Angebotsvielfalt dafür entschieden, den Actros von Grund auf neu zu entwickeln und zu bauen.

Das Ergebnis: Ein Lkw, der vom Bug bis zum Heck begeistert. Steigen Sie ein und erleben Sie die neue Dimension im Fernverkehr."

Die Wirklichkeit betrachten

Der Journalismus geht den Bach runter. Es ist zum Heulen, aber der Journalismus geht den Bach runter. Jetzt legen sie die beiden großen Zeitungen zusammen, machen aberwitzige Rochaden und Verknüpfungen zwischen beiden Redaktionen, nur um zu sparen. Mein Gott, es bleibt doch mehr auf der Strecke als nur zwei unterschiedliche Printmedien mit unterschiedlichen Redaktionen. Es bleibt auf der Strecke sehr viel von der aufklärerischen Funktion des Mediums Presse. Und es bleibt auf der Strecke, natürlich, die Pressevielfalt.

Lutz Kerner war mit seinem uralten grünen VW-Bus, den er sich vor Jahren als junger ökologisch orientierter Kerl gekauft hatte, auf der A8 unterwegs von München nach Kirchheim Teck, wo man den neunzigsten Geburtstag der Schwiegermutter feiern wollte. An der Journalistenschule, deren Leiter er bis vor kurzem gewesen ist, hatte er immer wieder an dem Auswahlverfahren und den Prüfungsgesprächen mit den neuen Studenten teilgenommen. Und die Bewerbungsarbeiten, die er zusammen mit den anderen Juroren auf den Tisch bekommen hatte, hatten ihn alles andere als begeistert. Nicht, dass die jungen Leute, die Journalisten werden wollten, keine sprachlichen Grundfertigkeiten gehabt hätten. Aber sie hatten Texte abgeliefert, die sich alle gedanklich und sprachlich in der Mittellage eines gefälligen Mainstreams befunden hatten. Nichts Kantiges, nichts Außergewöhnliches, nichts Gewagtes. Mittelmaß halt, qualitätvolles Mittelmaß. Und das war doch, wie Kerner fand, das Schlimmste.

Und es hatte sich gezeigt, der Journalismus der

Zukunft wird extrem weiblich werden. Junge Männer, die Karriereabsichten hatten, gingen nicht in den Journalismus. Dieser Beruf war ihnen offenbar zu unsicher und hatte für sie keine echten Zukunftschancen. Wie auch anders, dachte Kerner, die Branche schwirrt vor Hiobsbotschaften. Die guten jungen Leute gingen in die Werbung. Kerner fiel ein, dass die Leiterin der Hamburger Akademie für Publizistik jüngst erklärt hatte, immer wenn es mit einem Beruf bergab gehe, gingen die Frauen in diese Branche, wie eben jetzt im Falle des Journalismus. Und Kerner waren diese angehenden Journalistinnen, das hatte er in der Journalistenschule oft erlebt, viel zu emotional.

Er vertrat ja die altmodische Einstellung, ein Journalist solle sich nicht einmischen, sondern mit kühlem Kopf die Wirklichkeit betrachten und durchdringen und darüber schreiben. Diese Mädchen wollten einfach zu sehr das Gute. Aber über solche Zusammenhänge und Entwicklungen las man nirgendwo etwas, wie Kerner wusste. Keine der großen investigativen Federn schreibt jemals über den eigenen Berufsstand. Und in den Chefetagen der Medienkonzerne, bei den Verlagsmanagern, war unterschwellig immer wieder eine Verachtung den Journalisten gegenüber zu konstatieren.

Lutz Kerner nahm sich vor, nach dem Familienfest

ein paar alte Redaktionskollegen anzurufen, die er aus seiner Zeit als Redakteur kannte. Er wollte von ihnen hören, ob sein düsterer Blick auf die Zukunft seines Berufsstandes gerechtfertigt war oder ob ihn diesbezüglich seine Tätigkeit als Leiter der Journalistenschule und die damit verknüpften Erfahrungen nur den Blick getrübt hatten. Als das Schild Albheide auftauchte, entschloss er sich rauszufahren und sich im Raststätten-Shop die „Zeit“ zu kaufen. Er hoffte, darin vielleicht ein paar qualitätsvolle Stücke zu finden, die seine negative Sicht auf die Zukunft des Schreibgewerbes konterkarieren würden. Er setzte den Blinker, der tickte wie eine abgelaufene Uhr.

Dieseldurst

„Mit der verfügbaren Power gibt sich der Actros 1853 auch auf der Autobahn keine Blöße. Beim Blick auf den bei 1.220/min stehenden Drehzahlmesser bei Tempo 85 liegt eine Änderung der Achskonfiguration nahe. Für die mit i=2.533 längste verfügbare Übersetzung wäre die Leistung des Lkw immer noch mehr als ausreichend, die Drehzahl würde auf rund 1.130/min fallen und der Dieseldurst wäre auf langen Autobahnetappen geringer.“

Countrymusik

Es läuft Musik. Immer läuft da laute Musik. Sie füllt den Raum zwischen den großen farbigen Lampenschirmen über der Salattheke, über den Stehtischen. Dort, wo sich die einsamen Männer über ihre Teller oder über ihre Zeitungen beugen. Über der Essenstheke, der Schriftzug „Nordsee", der Hinweis „Unsere Klassiker". Es gibt Alaska Seelachsfilet, Norwegisches Lachsfilet und Fisch und Chips, Räucherlachs Wrap, die „Frische Pfanne". Der Servicemann in roter Weste räumt gebrauchtes Geschirr in die Stellagen. Einer mit rundem Gesicht und Hängebacken sitzt an einem der Tische und starrt auf sein Tablett, ohne zu essen. Nahe dem Shop mit seinen Zeitschriften, Stadtplänen, Autozubehör und kleinen Spielsachen, ein Stofftier heißt Rocco-Waschbär, steht am Boden ein Hundenapf mit Wasser. Abends wird es leer. Männer schwimmen in dieser Leere, Fische in einem riesigen Aquarium am Rande der Autobahn. Draußen auf dem Parkplatz kocht eine Frau mit Kopftuch und in langen Röcken auf einem Gaskocher Abendessen. Dann tritt sie beiseite und auf das kleine Rasenstück zwischen den Parkflächen, rafft die Röcke, hockt sich hin und pinkelt.

„Und du glaubst, ich setz mich da drauf?", sagte sie. Er blickte sie missbilligend an. Max und Sabine kamen von der Fahrradmesse in Friedrichshafen. Dort hatten sie an einem der Stände ein herrliches rotes Tandem eines amerikanischen Herstellers gesehen, ausgestattet mit 28 Gängen und mehreren Bremsen. Max war sofort Feuer und Flamme gewesen und hatte gemeint, so ein Ding sollte man sich anschaffen. Sie hatte auf den Preis von mehreren Tausend Euro verwiesen, das sei denn doch zu teuer. „Und außerdem, wie willst du das Gefährt auf deinem Polo transportieren?" Der Radhändler, ein drahtiger Bayer aus Rosenheim, habe ihm von einem Spezialständer erzählt, mit Hydraulik und Federkraft, ganz leicht zu handhaben.

Ja, und wie er sich das denn vorstelle? Sie hocke hinten und sehe nichts außer seinem Hintern und seinem Rücken.

„Ach was, du kannst dir, während ich steuere, rechts und links die Landschaft anschauen und siehst so viel mehr als ich, weil ich ja auf die Straße achten muss. Und außerdem: Wir können uns ja abwechseln."

„Gott bewahre!", sagte sie.

Na schön, fuhr sie fort, dann werde sie halt hinten

sitzen und kräftig in die Pedale treten. Wie hatte doch der Händler gesagt? Am Tandem komme die Kraft von hinten! Nicht umsonst heiße der Vordermann Captain und der Hintermann Stoker, also Heizer. Es gebe sogar Untersuchungen, so hatte der Rosenheimer berichtet, in denen nachgewiesen werde, dass die Ehe von Tandempaaren beständiger sei, als diejenige von Leuten, die jeweils auf einzelnen Rädern führen. Schließlich sei man im gleichen Tritt unterwegs auf ein gemeinsames Ziel hin. Man müsse sich also abstimmen. Das verbinde.

„Ich weiß nicht, ich weiß nicht", sagte Sabine. „Komm, wir trinken jetzt eine Tasse Kaffee an dieser Raststätte."

Max setzte den Blinker, bog ab. Auf dem Weg zum Restaurant, sagte Sabine, vielleicht solle man noch einmal zum Radhändler nach Rosenheim fahren und dort eine Probefahrt auf einem Tandem machen.

Vorausschauende Weise des Führers

„Die Geschichte des deutschen Imperialismus ist reich an Legenden. Zu den zählebigsten Ergebnissen faschistischer Propagandatätigkeit gehört die verfälschte Geschichte des Autobahnbaus in Deutschland.

Wenn sie auch heute noch nicht völlig und überall als solche erkannt ist, dann sind dafür verschiedene Gründe maßgebend.

Zunächst wird man berücksichtigen müssen, dass sich die faschistische Propaganda als außerordentlich raffiniert erwies, wenn es galt, aus Tatsachen, halben Wahrheiten und unkontrollierbaren Behauptungen Propagandasysteme zusammenzukitten. Da die Propagandastellen durch einen Terrorapparat ergänzt wurden, der jede nicht genehme Meinungsäußerung unterdrückte, wird es verständlich, dass selbst pure Erfindungen – systematisch verbreitet – Eingang in die Köpfe fanden.

Das faschistische Regime entwickelte die Autobahnlegende jedoch nicht für die Nachwelt, sondern verband mit ihr ganz zeitnahe innenpolitische und außenpolitische Zielsetzungen. Das zeigt schon die Eile, mit der man sich dieser Frage annahm.

Hitler war es, der am 1. Mai 1933 auf einer Massenkundgebung die Absicht seiner Regierung ankündigte, in Deutschland ein Autobahnnetz bauen zu lassen. Sowohl Form als auch Zeitpunkt dieser Mitteilung deuten an, welch umfassendes propagandistisches Manöver man mit dem Autobahnbau durchzuführen gedachte. Das verdeutlicht zum Beispiel ein am 10. Oktober 1933 ausgefertigtes Schreiben der ‚Gesellschaft zur Vorbereitung der Reichsautobahnen e.V. (GEZUVOR)'. Ihr Leiter, das Vorstandsmitglied des Unternehmens Reichsautobahnen, Generaldirektor a. D. Willi Hof, schrieb an die Abteilung II des Reichsministeriums für Volksaufklärung und Propaganda: ,Unter Bezugnahme auf die Besprechung mit Pg. Guttere über die gemeinsam durchzuführende Propaganda wiederholen wir nachstehend die wesentlichsten Punkte in kürzester Form: Unser Führer hat in weit vorausschauender Weise als wirksamstes Mittel, die Arbeitsnot zu bekämpfen und für die Zukunft das Beste zu schaffen, den Bau von Reichsautobahnen erkannt. Schon als sich unser Führer s.Zt. in Festungshaft befand, hat er sich mit diesen Plänen beschäftigt. Als einer der besten Straßenbaukenner Deutschlands (die vom Führer in den letzten 10 Jahren zurückgelegte Strecke auf den deutschen Straßen beträgt ca. 1,3 Millionen km) und in der Überlegung der mit dem Bau von Reichsautobahnen verbundenen wirtschaftlichen Momente, hat unser Führer in genialer Weise den Plan für die Autobahnen selbst aufgestellt und durch sofortiges Handeln die Durchführung dieses Projektes gesichert.'

Im Juli 1937 arbeitete der Generalinspekteur für das deutsche Straßenwesen, Fritz Todt, im Ergebnis einer Besprechung mit Hitler die folgende ergänzende Propagandaanweisung aus: ,Wir, d.h. Deutschland, baut

Autostraßen und sonst niemand ... Die ganze Propaganda ist auf unsere Straßen zu richten.'

Fasst man diese Richtlinien zusammen, dann ergibt sich:

Hitler persönlich habe um 1924 den Plan, Autobahnen bauen zu lassen, erarbeitet. Seine Initiative zur Durchführung dieser Bauten beruhe auf drei Grundmotiven: Der Bau der Autobahnen stellt eine umfassende und großzügige Maßnahme der Arbeitsbeschaffung für eine Reihe von Jahren dar. Der Bau von Autobahnen dient im Zusammenhang mit anderen Maßnahmen dem Aufschwung der Motorisierung Deutschlands. Der Bau der Autobahnen schafft neue Verkehrsadern, die erst die volle Ausnutzung der technischen und wirtschaftlichen Vorzüge des Kaftverkehrs gestatten.

Die Absicht der Propaganda war eindeutig. Sie richtete sich darauf, der Person Hitlers den Nimbus auch des Schöpfers der Autobahnidee zu geben. Das geschah allerdings nicht in erster Linie, um ihn als Verkehrsplaner, Verkehrswirtschaftler oder Verkehrstechniker herauszustellen. Man wollte ihn und damit das faschistische Regime als Initiator eines Arbeitsbeschaffungsprogramms erscheinen lassen, es als die Kraft darstellen, die in der Lage war, den Ausweg nicht nur aus der Weltwirtschaftskrise zu weisen, sondern die mit einem großangelegten modernen technischen Werk Deutschland neuen Glanz, neue Größe, neue Stärke und Überlegenheit gab. Ein solches, scheinbar friedliches technisches Vorhaben musste das Regime aufwerten und zunächst die Zustimmung breiter Bevölkerungskreise finden. Selbst in die Autobahnarbeiter begann sich der Faschismus, wie Stephan Hermlin sagte, ‚wie Schimmel' hineinzufressen. Hermlin schrieb über die Schwere der politischen Arbeit des 1943 von den Faschisten ermordeten Kommunisten Wilhelm Thews, der Autobahnarbeiter war: ‚Unter den Menschen, die als einzige vermocht hätten, das Schicksal ihres Landes zu ändern, gab es schon welche, die auf den ‚Führer' schworen und das braune Hemd anzogen.'"

„Unter dem Namen ‚Schipperkrankheit' wurde in den Jahren nach der Machtergreifung eine Unfallerscheinung bekannt, auf die man bisher kaum geachtet hatte. Die Schipperkrankheit machte sich damals an einzelnen Baustellen der Reichsautobahn, aber auch bei anderen größeren Erdbewegungsarbeiten in Hunderten von Fällen bemerkbar. Die Betroffenen verspürten während der Schipparbeit einen ‚Knacks' zwischen den Schulterblättern, der mit heftigstem Schmerz verbunden war und das Weiterarbeiten einfach unmöglich machte. Im Röntgenbild konnte die Schipperkrankheit einwandfrei als Abrissbruch von Wirbeldornfortsätzen an der Hals und Brustgrenze festgestellt werden."

„I mach an hee"

„I mach an hee", sagte der eine der beiden. „I mach an hee, wenn a d'Mutter wieda so romdrangsaliert. Der macht uns alle hee."

Die beiden Brüder Hansjörg und Andreas Schlegel hatten in Pfaffenhofen kurzzeitig Arbeit gefunden. Hansjörg war Maler und Anstreicher, Andreas gelernter Dachdecker. Sie hatten in einem Neubaugebiet Glaserarbeiten ausgeführt, hatten mehrere Wintergärten und große Panoramafenster eingebaut und waren nun in ihrem alten Nissan Pick-Up unterwegs nach Hause in den Stuttgarter Stadtteil Fasanenhof. Die Arbeit hatten sie auch deshalb von der Firma zugewiesen bekommen, weil sie mit ihrem Pick-Up das Material, die großen Scheiben, transportieren konnten und ihr Geschäft insgesamt zuverlässig, genau und zur vollsten Zufriedenheit der Kunden erledigt hatten.

Wieder stieß Andreas die Drohung gegen den Vater aus. Und obwohl ihn sein Bruder zu beruhigen versuchte, ließ er nicht davon ab zu wiederholen: „I mach an hee."

Immer wieder hatten sie über den Jähzorn des Vaters gesprochen, unter dem die Mutter so schrecklich zu leiden hatte und sie hatten sich gefragt, was man dagegen tun könne. Die Hausärztin hatte es abgelehnt, dem Vater Beruhigungstabletten zu verschreiben und auf der Polizeiwache hatte es geheißen, man könne nichts tun, es liege keine konkrete Gefährdungslage vor, obwohl sie darauf hingewiesen hatten, dass der Vater ein großes Jagdmesser hinten im Schuhschrank versteckt hielt. Erst in jüngster Zeit war in ihren diesbezüglichen Gesprächen der Gedanke aufgetaucht, den Vater zu beseitigen. Wie sie das allerdings machen wollten, war ihnen nicht klar. „Ma sott den in a Anstalt tun", hatte Andreas gesagt. Aber als sie diesen Gedanken der Hausärztin gegenüber geäußert hatten, hatte die nur gesagt, so einfach sei das nicht.

Er habe einen mordsmäßigen Hunger, sagte Andreas. „Mir hend ja koin Mittag g'het". An der nächsten Raststätte „gangat ma naus ond essat was". Hansjörg meinte, er wisse, wie sie's machen könnten. Andreas, der am Steuer saß, ließ das Fenster herunter und spuckte hinaus. Dann sagte er, wenn die in der nächsten Raststätte Linsen mit Spätzle und Saitenwürstle hätten, das käm ihm jetzt gerade recht.

Gut im Futter

„Der Iveco Stralis steht mit 480 PS aus dem kleinen Elf-Liter-Motor Cursor 11 ziemlich gut im Futter. Mit dem geräumigen Active Space-Haus ergibt das eine gelungene Mischung. Kurz: Der mit einigen Facelifts seit 2002 produzierte Stralis liefert im Test ein sehr ordentliches Reifezeugnis ab.

Kein Deutscher, kein Italiener, ein Spanier. Der Iveco Stralis läuft seit geraumer Zeit nur noch in Madrid vom Band. Am Traditionsort Ulm ist die Produktion beendet, geblieben ist ein Kompetenz- und Entwicklungszentrum für die schweren Iveco-Baureihen. Die leichten und mittelschweren Modelle sind ein Fall für die spanischen Werke.

So viel zur Herkunft des Testwagens, einem Iveco High-Way AS 440S48 Eco."

Gelegentliches Heimweh

Das deutsche Medizinsystem ist natürlich sehr viel besser als das bei uns zu Hause in Kolumbien, dachte Maria Beatriz Parolo auf der Fahrt nach Stuttgart, wo sie im dortigen Honorarkonsulat ihren Pass verlängern lassen wollte. In ihr Navigationsgerät hatte sie die Marienstraße 17, die Adresse des Konsulats, eingegeben. Sie kam von einer psychosomatischen Klinik im Allgäu, wo sie Patienten betreut hatte. Ihre Entscheidung, Bogotá zu verlassen und nach Deutschland zu gehen, um hier zu arbeiten, hatte sie bisher nicht bereut. Gelegentlich erfasste sie Heimweh, aber in häufigen Telefonaten mit der Familie und den Freunden in Kolumbien hatte sich dieses Gefühl dann doch jeweils abgeschwächt. In Deutschland, so ihre Wahrnehmung, blickte man als Mediziner häufig ganzheitlich auf den Patienten, wohingegen in Kolumbien die Psychosomatik noch am Anfang stand. Aber sie erinnerte sich jetzt auch daran, dass sie von den Patienten in Deutschland immer wieder auf ihren fremdländischen Namen angesprochen worden war, verknüpft mit der Frage, woher sie denn komme. Gelegentlich hatte sie mit einem verschmitzten Lächeln geantwortet: „Na, von Zuhause!"

Maria Beatriz Parolo wollte an der nächsten Raststätte einen starken Kaffee zu sich nehmen, und zwar einen schwarzen. Mit viel Zucker.

Unübersehbar

„Ein Charakter, der einzigartig ist. Unübersehbar. Von weitem. Und aus nächster Nähe. Sichtbar bis ins kleinste Detail. In den hochwertigen Leichtmetallrädern. Im markanten 3D-Kühlergrilldesign. Oder den Audi Ringen auf der Motorhaube. Es gibt viel zu entdecken. Am Audi TT Roadster. Im Audi TT Roadster. Und auf jeder Straße mit ihm.“

Festeres Schuhwerk

Und jetzt trägst du Zeitungen aus, in aller Herrgottsfrühe trägst du Zeitungen aus. Du hast promoviert, kannst Englisch, Latein, Altgriechisch und jetzt sitzt du in aller Herrgottsfrühe in dieser leeren Raststätte und frühstückst. Nachdem du in Messtetten, in Linsenstetten, in Bolfingen und auch in Grabenhausen Zeitungen ausgetragen hast, hundertsiebenundzwanzig Exemplare der Südwestpresse Ulm in die Briefkastenschlitze gestopft hast.

Sie trank einen großen Schluck Kaffee und aß dann weiter von ihrem Rührei, das sie sich hier oft in den Morgenstunden machen ließ.

Und das Schlimmste ist, du kannst nicht weg aus Messtetten, wo du im Haus der Eltern hockst, die beide gestorben sind und dir diese Hütte hinterlassen haben, die sich nicht verscherbeln lässt. Wer kauft schon ein solch heruntergekommenes Haus aus den dreißiger Jahren in Messtetten?

Immer wieder hatte Susanne Buck versucht, in

einem Verlag oder in einer Werbeagentur eine feste Anstellung zu bekommen. Aber immer wieder hatte man sie abgelehnt mit dem Hinweis, sie sei überqualifiziert, man könne sie nicht angemessen bezahlen. Und so hielt sie sich mit wissenschaftlichen und literarischen Dossiers und Essays und verschiedenen Recherchearbeiten über Wasser, was meist darauf hinauslief, dass sie Betriebsfestschriften, Jubiläumsschriften für Firmen und Vereine und verschiedene Institutionen verfasste, lektorierte und redigierte. Doch was damit und mit dem Austragen der Zeitungen zu verdienen war, war dürftig und schmal. Sie müsste sich festeres Schuhwerk und für die morgendliche Arbeit in der kalten Luft eine gefütterte Jacke kaufen.

Dr. Susanne Buck merkte, wie sie wieder in einen Zustand des Selbstmitleids hineinrutschte, eine Befindlichkeit, die sie verabscheute, gegen die sie sich jedoch nicht immer wehren konnte. Nicht zuletzt auch deswegen, weil ihr Männerbeziehungen in den zurückliegenden Jahren immer wieder missglückt waren. Sie nahm sich vor, jetzt mit ihrem alten Toyota nach Hause zu fahren, noch einmal für eine Weile ins Bett zu schlüpfen, sich hin und her zu wiegen, was man auf der Schwäbischen Alb „gautschen“ nannte, wenn Kinder dies vor dem Einschlafen taten, und ein bisschen zu weinen. Und vielleicht würde sie dann doch noch einmal einschlafen können.

Starker Charakter

„Neben ihrem kraftvollen Auftritt und ihren leistungsstarken Motoren besitzt die G-Klasse etwas, worauf wir seit 30 Jahren besonders stolz sind: einen starken Charakter. Damit das so bleibt, wollen wir sie nicht neu entwickeln, sondern immer weiter. Schließlich können auch Ecken und Kanten eine runde Sache sein – wenn man sich treu bleibt."

Milchreis, wenn sie haben

„Schalten …!"

„Ja."

„Schalten, Daniela, bitte schalten, wir haben sechs Gänge."

„Ich schalt ja schon."

„Wenn du ihn so hochdrehst, frisst er wahnsinnig viel Sprit. Und wir müssen jetzt ein bisschen sparen. Auch Sprit sparen."

„Wie?"

„Ich wollt dir das schon gestern sagen."

„Was?“

„Das mit dem Erbe wird nichts.“

„Wie …?“

„Das mit dem Erbe wird nichts.“

„Aber damit wollten wir doch den Kredit aufs Haus abzahlen.“

„Ich weiß, aber das geht nicht, weil …“

„Weil …?“

„Komm, in den sechsten und überhol den Laster da.“

„Okay, okay, du nervst …“

„Weil die Mutter mich im Testament nicht besonders bedacht hat. Jenseits des Pflichtteils geht alles an Paul.“

„An Paul?“

„Seit ich denken kann, hat sie Paul immer vorgezogen. Ich weiß eigentlich gar nicht, warum.“

„Das sind Nachrichten.“

„Vielleicht weil ich ein unerwünschtes Kind war oder so was. Vorsicht, der schert aus.“

„Das sind ja Nachrichten, Mensch.“

„Tut mir leid.“

„Jetzt werden wir den Kredit eben von deinem Gehalt abstottern.“

„Na ja …“

„Geh ich halt wieder arbeiten.“

„Kommt nicht in Frage.“

„An der Kasse im Supermarkt kann ich immer arbeiten. Oder in so `ner Autobahnraststätte zum Beispiel."

„Da kommt jetzt die Raststätte Albheide. Schau, das Schild. Geh da raus."

„Wir kriegen das hin. Wir haben doch schon ganz andere Sachen hingekriegt, Schatz."

„Meinst du?"

„Aber immer!"

„Ich brauch jetzt ein Bier, um wieder auf den Boden zu kommen."

„Und ich nehm `ne Süßspeise, irgend `nen Pudding oder Milchreis. Wenn sie haben."

„Ich hätte nicht gedacht, dass du's so aufnimmst. Vorsicht, da stehen Laster."

„Milchreis, wenn sie haben."

Nicht die Erfinder

„Heute existiert die weit verbreitete Meinung, die Autobahn sei eine Erfindung der Nationalsozialisten gewesen. Zwar waren sie die Ersten, die mit umfangreichem Aufwand den Bau der Autobahn auf breiter Front vorantrieben, trotzdem können sie nicht als die Erfinder angesehen werden. Die Geschichte der Autobahnen beginnt mit der AVUS, der

Automobil-Verkehrs- und Übungsstraße. 1909 konstituierte sich eine private Gesellschaft aus Sport- und Finanzkreisen mit dem Ziel, eine reine Automobilrennstrecke zu bauen. Sie sollte eine Straße ohne Kreuzungen, mit zwei getrennten Fahrbahnen und überhöhten Kurven werden: Kriterien, die die AVUS zum Vorbild aller Planungen für ‚Nur-Autostraßen' in späteren Jahren machte.

1912 begannen die Bauarbeiten in Berlin auf einem Gelände zwischen Charlottenburg und Wannsee. Der erste Weltkrieg unterbrach die Fertigstellung der 10 km langen Strecke. Erst 1921 konnte die AVUS öffentlich eingeweiht werden, die auch in den folgenden Jahren durch ständige Anpassung an die Entwicklung des Rennsports und den jeweils neuesten technischen Standards des Straßenbaus Demonstrationsobjekt und Versuchsstrecke für die Bestrebungen eines großangelegten Autobahnbaus blieb. Seit Mitte der zwanziger Jahre häuften sich in ganz Europa die Planungen für „Nur-Autostraßen", wie man sie damals nannte, aus folgenden Gründen: dem anwachsenden Autoverkehr waren die Straßen nicht angepasst und befanden sich zudem in miserablem Zustand. Die Autos waren zu diesem Zeitpunkt weit fortschrittlicher als die Straßen selber. Kurven, Fahrbahnbreite und –belag waren noch auf die Erfordernisse von Pferdefuhrwerken abgestellt. Unübersichtlichkeit und Staubentwicklung ließen nur geringe Geschwindigkeiten zu. Reifen- und Bremsverschleiß sowie höherer Benzinverbrauch bedingten gesamtwirtschaftliche Verluste, die man mit Millionen veranschlagte. Außerdem waren die Straßen aufgrund der stark angestiegenen Anzahl von Personenkraftwagen eine ständige Gefahrenquelle für Fußgänger, spielende Kinder und Pferdefuhrwerke."

Ein Schuh auf der Straße

So etwas hatte sie noch nie gemacht. Über das Internet hatte sie Kontakt zu diesem Mann aufgenommen und sich zu einem Treffen an der Raststätte Albheide überreden lassen. Auf halbem Wege hatte er gesagt. Jutta Felger, Sachbearbeiterin bei einer Versicherung, war auf der A 8 unterwegs zu dieser Verabredung. Er hatte sich mit einem spanischen Namen vorgestellt, sprach aber fließend deutsch. Das Bild im Internet hatte einen attraktiven, intelligent wirkenden Mann mit vollem dunklen Haar von fünfundvierzig Jahren gezeigt.

Wenn du ehrlich bist, dann soll er schon etwas spanische Leidenschaft haben. Zumindest feuriger als das, was sie zu Hause immer über sich ergehen lassen musste. In zehn Minuten bin ich vorort, das sind jeweils fünfunddreißig Minuten Fahrzeit. Das werde ich mir doch einmal die Woche leisten und organisieren können. Jutta Felger beschleunigte ihren Wagen von 130 auf 140 und sah dann in der Entfernung Warnlichter. Sie drosselte wieder ihre Geschwindigkeit. Als sie näher kam, entdeckte sie zu ihrem Entsetzen zwei ineinander verkeilte und völlig verbeulte Autos, von denen eines soeben auf einen Abschleppwagen gezogen wurde. Der Fahrer lehnte in sich zusammengesunken an der Leitplanke. Ein Sanitäter von dem nahen Rettungswagen bemühte sich um ihn. Man sah einen Schuh auf der Straße liegen und am Randstreifen eine schwarze Plane, die einen Körper verdeckte.

Jutta Felger sah das Schild „Raststätte Albheide 1000 m". Kurz dachte sie an den Mann, der an der Raststätte auf sie wartete. Sie bog nicht ab. Fuhr weiter.

Fast 60 Prozent aller Menschen achten bei der Partnerwahl auf Attraktivität

„Der erste Eindruck zählt ganz besonders, denn den bildet sich der Mensch bereits nach wenigen Augenblicken. Gut für den G.S. Denn der zieht mit seinem dynamischen Design, der abfallenden Dachlinie und der schräg gestellten Heckscheibe sofort alle Blicke auf sich. Das Schöne an einem solchen Begleiter: Er beeindruckt nicht nur mit seinen äußeren Werten, sondern hat auch im Inneren eine ganze Menge zu bieten."

Aber er muss schreiben

Warum schreibt er nicht? Bitte, warum schreibt er nicht? Nur diese Zettel überall in der Wohnung. Das ist alles. Die letzten Monate, ja die letzten Jahre hat es immer geheißen, der Koeppen schreibt an einem neuen Roman. Und ich hab ihn über Wasser gehalten mit Aufträgen für den Süddeutschen Rundfunk. Und dann fährt er nach Spanien für diese Reportage und im Bus nach Toledo stehlen sie ihm Reiseschecks und sein ganzes Bargeld. Na schön, ich hab ihm jetzt finanziell unter die Arme gegriffen. Aber er muss schreiben. Er muss endlich anfangen einen neuen Roman zu schreiben.

Alfred Andersch war mit seinem sportlichen BMW von München kommend unterwegs nach Stuttgart in die Grünewaldstraße auf dem Killesberg. Er hatte Wolfgang Koeppen in München besucht und hatte ihn in einem beklagenswerten Zustand angetroffen. Koeppen hatte getrunken gehabt, war anfangs kaum ansprechbar und hatte, als Andersch nach dem Roman gefragt hatte, auf die vielen auf seinem Schreibtisch und auf Regalen und Bücherstapeln verteilten Zettel verwiesen und gesagt, da liege sein Roman. Dann hatte er von seiner um Jahrzehnte jüngeren Frau gesprochen, die ihm keine Ordnung schaffen könne, oft betrunken sei und war dann ausgewichen, indem er sich nach den Leuten von der Gruppe 47 erkundigt hatte. „Was macht der Schmidt, Alfred, was macht der Arno Schmidt? Gibst Du ihm Aufträge für deine schönen Funkfeatures?"

Ein bitteres Gefühl der Wehmut erfasste Alfred Andersch während er auf mäßig belebter Autobahn weiter Richtung Stuttgart fuhr. Der ruiniert sein großes Talent, seine Begabung. Diese wunderbaren Romane, „Tauben im Gras", „Das Treibhaus", „Tod in Rom", und jetzt hat er nur Zettel voller Stichworte rumliegen. Er muss erzählen, dachte Andersch. Er muss wieder erzählen. Das Erzählen ist der fundamentale Wert. Und für uns Schriftsteller ist es die Erzählkunst, für deren Relevanz es keinen Ersatz gibt.

Nein, er würde nicht gleich nach Hause auf den Killesberg fahren. Er würde zuerst im Funkhaus an der Neckarstraße vorbeischauen und sehen, was in der Post ist und ob Schmidt schon seinen Essay über Karl May geliefert hat. Als er das Schild sah, entschloss er sich, rauszufahren und von der Raststätte aus Gisela anzurufen und ihr zu sagen, er komme etwas später.

Grundlage für die Autobahnen nach 1933

„Die ersten technischen Richtlinien sahen drei Fahrspuren zu je 3 m mit je 1,5 m Seitenstreifen, bei einer Dammbreite von 15 m vor. Je nach erwartetem Fahrzeugaufkommen war eine Verringerung auf zwei Fahrspuren zu 6 m oder die Errichtung von vier Spuren zu 12 m vorgesehen. Als durchschnittliche Baukosten veranschlagte man etwa 300 000 RM pro km, wohingegen die späteren Reichsautobahnen das Dreifache kosteten. Diese ersten Planungen sahen allerdings noch keine Richtungstrennung der Fahrbahnen vor und fanden bei Ausführung der Strecken Bonn-Köln und Opladen Berücksichtigung. Im Sommer 1931 legte der Vorstand der HAFRABA neue technische Richtlinien vor, die die Grundlage für die Autobahnen nach 1933 werden sollten. Diese Version sah vier Spuren mit Richtungstrennung vor, wobei jede Fahrbahn 7 m breit war. Ferner waren auch Schutzeinrichtungen gegen Blendung durch den Gegenverkehr eingeplant. Weitere Punkte der Richtlinien berücksichtigen alle wichtigen Fragen und Probleme, die beim Bau einer Autobahn auftauchten: Fahrbahngestaltung, Gefälle, Kurvenradien u. v. a. Damit gab es erstmals wissenschaftlich und verkehrstechnisch fundierte Grundlagen für die Gestaltung einer funktionstüchtigen Autobahn. Trotzdem wurden die Pläne der HAFRABA weitgehend belächelt oder als Utopie abgetan."

Der alte Pfiff

Sie hatten sich in einer Wirtschaft am Rande des Militärflugplatzes Lagerlechfeld getroffen, weil sie damals, während ihrer gemeinsamen Bundeswehrzeit, dort in einer Sanitätseinheit stationiert gewesen waren, seine zwei Freunde, der Bobby, der Borschti und eben er, Frank Hallmann; der Bobby hieß eigentlich Wolfgang und der Borschti Karlheinz. Und sie hatten auf der Stube Erinnerungen ausgetauscht, an Gewaltmärsche, harte Einsätze, aber auch Begegnungen mit den Mädchen vom Ort.

Hallmann war mit seinem Wohnmobil nach Lagerlechfeld gefahren, weil er sich nicht um ein Hotelzimmer bemühen wollte, und jetzt war er mit dem Mobil auf der Autobahn hinter Ulm unterwegs Richtung Stuttgart.

Als Hallmann das Schild Raststätte Albheide sah,

entschied er sich, dort anzuhalten und einen Kakao zu trinken, einen Parkplatz würde er schon finden. Kakao hatte es während seiner entbehrungsreichen Kinderzeit manchmal gegeben, was für ein Glück damals.

Er stieg aus und dann stieß er halblaut den langgezogenen Pfiff aus, mit dem er und sein Bruder sich als Kinder immer verständigt hatten.

Niemand eingeschränkt

„In den letzten 120 Jahren sind die Menschen im Schnitt um 14 Zentimeter gewachsen. Die Menschen werden tatsächlich immer größer. Und damit auch die Herausforderungen an den G.S. Der große Innenraum bietet jede Menge Bewegungsfreiheit und ermöglicht durch die erhöhte Sitzposition ein bequemes Ein- und Aussteigen sowie eine bessere Rundumsicht. Bei so viel Freiraum fühlt sich garantiert niemand mehr eingeschränkt."

Hund mit Kunstverstand

Als der junge Studienrat Doktor Heinz Bauerfeind die Heckklappe öffnete, sprang Wilhelm sofort heraus.

Bauerfeind griff zur Leine und hakte sie an Wilhelms Halsband ein. Und schon da entschuldigte er sich bei Wilhelm, dem Berner Sennenhund, dass er am Eingang des Ulmer Kunstmuseums, von dem sie kamen, nicht energisch genug für Wilhelm eingetreten war. Die Bedienstete dort hatte, als er mit dem Hund die Ausstellung hatte betreten wollen, ein Mordstheater veranstaltet. Das gehe nicht. Ein Hund, noch dazu ein solch großes Vieh, habe in den Ausstellungsräumen nichts zu suchen. „Ich hätte der sagen sollen", sagte Bauerfeind jetzt zu Wilhelm hinunter, „dass du ein absolut kunstverständiges Tier bist." Er entschuldige sich bei ihm, Wilhelm, für sein Versäumnis. „Natürlich verstehst du etwas von Kunst." Und diese Ausstellung habe ja Vögel, Hühner, Federvieh zum Thema gehabt, was auf Aquarellen, Ölgemälden und in Skulpturen dokumentiert gewesen sei. Wilhelm zog Bauerfeind jetzt quer über den Parkplatz auf die Raststätte zu, wo man neben dem Eingang eine stählerne Wasserschale stehen sah, neben der sich ein Schild mit der Aufschrift „Hundetankstelle" befand. Bauerfeind gestand sich ein, dass er den Durst und somit den Flüssigkeitsbedarf von Wilhelm oft unterschätzte. „Du bist der kunstsachverständigste Hund, den man sich vorstellen kann. Jedesmal, wenn wir an der Königstraße an der Calder-Plastik vorbeikommen, bleibst du dort stehen und hebst das Bein.

Und dann blickst du voller Bewunderung zu den farbigen Segmenten dieses Platzmals hinauf." Bauerfeind entschloss sich, den Hund vor der Raststätte anzuleinen, hineinzugehen und rasch ein Bier zu zischen. Dann dachte er an die zehnte Klasse, bei der er morgen Kunst unterrichten musste. Er würde ihnen das Thema „Hund" stellen. „Leute", würde er sagen, „malt Hunde, malt mir die verrücktesten und farbigsten und verschrobendsten Hunde, die ihr euch vorstellen könnt". Die Mädchen würden kichern.

Virtual Cockpit im Blick

„Design, das Sportlichkeit ausstrahlt. Und spüren lässt. Schon beim Platznehmen auf den Sportsitzen mit integrierter Kopfstütze. Umgeben von formvollendeten minimalistischem Interieur-Design. Das innovative Virtual Cockpit im Blick. Und damit alle Informationen. Ein Konzept, das wegweisend ist. Und von alten Denkmustern befreit."

Schnitzel für die Patres

„Weißt du was", sagte Pater Beda zu seinem Mitfahrer, Pater Georg, „an der nächsten Raststätte halten wir an und sündigen mal kräftig."

„Sündigen ..., wie meinst du das?", fragte Pater Georg, der in dem alten Opel Corsa des Klosters, mit dem sie unterwegs waren, neben Pater Beda saß und ein verdutztes Gesicht machte. Pater Beda, der fuhr, stieß ein glucksendes Lachen aus und erklärte daraufhin seinem Mitbruder, dass sie an der nächsten Raststätte, „schau, dort, das Schild", sich jeder ein paniertes Schnitzel mit Kartoffelsalat genehmigen sollten. Das, was die Schwestern in der Klosterküche machten, sei ja oft so ein fades Mischmasch aus den Resten der letzten Mahlzeiten. „Georg, wir sündigen jetzt. Beichten brauchen wir das nicht."

Die beiden Patres fuhren nach Stuttgart, wo sie im dortigen Haus der katholischen Kirche, die von Beda kunstvoll und optisch aufwendig abgeschriebenen, beziehungsweise nachgeschriebenen Blätter des Alten Testamentes in einer Ausstellung zeigen wollten. „Wir müssen raus, wir müssen uns öffnen", sagte Beda, „wir müssen zeigen, dass wir da sind und was wir zu bieten haben, sonst stirbt uns über kurz oder lang der Konvent aus. Wir sind ohnehin nur noch zwölf Nasen. Und die meisten gehören alten bis sehr alten Herrn. Georg, wir brauchen jungen Nachwuchs für den Konvent." „Wohl wahr, aber bei Jesus waren es auch nicht mehr", antwortete Pater Georg und blickte durch die Windschutzscheibe hinaus auf die Autobahn, wo ein Lastzug hinter dem anderen fuhr und sie die LKWs nicht überholten konnten, weil der Corsa nicht schneller lief und jetzt schon furchtbar heulte und rappelte. „Das Haus öffnen, junge Leute interessieren, und die Musik, die Gregorianik, hat noch immer gewirkt. Wir können nur gewinnen." „Das stimmt", pflichtete ihm Pater Georg bei. „Lass uns doch Kontakt zu syrischen Flüchtlingen aufnehmen, da sind viele Christen dabei. Denk an deine Orgel, die hat auch viele Pfeifen, Register und Klangfarben. Und zum Schluss lässt du die Vox Humana ertönen." „Mein Gott, freu ich mich auf das Schnitzel. Trinkst du auch ein Bier dazu?"

Luxus im GranLusso

„Das Infotainment hat Maserati auch geupdated. Der Look bleibt trotzdem angestaubt, aber wer so einen Levante fährt, der braucht auch kein Navi. Der weiß doch, wo er hinwill, oder? So oder so ähnlich könnte es jedenfalls im Prospekt stehen – gern geschehen, Maserati. Wir jedenfalls wollen in die Kalba Wüste, an den Fuß des ‚Fossil Rock', um unseren 430 PS starken GranLusso in ein Staubkleid zu packen. Auf dem Weg dorthin trällert der große V6 Benziner einen überaus schönen Soundtrack durch die vierflutige Abgasanlage, während er vehement anschiebt. Die Insassen drückt es dabei übrigens nicht in irgendwelche Sitze. Das Gestühl wurde Zegna mit speziellen seidigen Stoff-Einlagen verziert und von Leder umrahmt."

Zwei Frauen unterwegs

Als Nadine aus der Toilette kam, stand Katja schon im Gang. „Hier, schau mal", sagte sie zu der Freundin und deutete auf den Kondom-Automaten. „Aufreiter, da gibt's nen Präser, der heißt Aufreiter". Sie lachte lauthals heraus und tippte mit dem Finger immer wieder auf die entsprechende Stelle auf dem Automaten.

Die beiden Frauen waren beim Skilaufen im Tannheimer Tal gewesen. Ohne ihre Männer. Sigi, Nadines Mann, hatte als Abteilungsleiter bei IBM nicht frei bekommen, weil man seine Abteilung gerade umstrukturierte und er hierbei zugegen sein musste, und Dirk, Katjas Mann, war Lehrer, und man befand sich mitten im Schuljahr; außerdem hatte er an seiner Grund- und Hauptschule zwei Integrationsklassen für Flüchtlingskinder einzurichten. So waren die Frauen mit Nadines Daimler-Coupé und den aufs Dach geschnallten Skiern alleine losgegondelt und hatten im Tannheimer Tal auch ein gutes Quartier bekommen.

Tipps für eine stressfreie Fahrt

„Richtig packen: Schweres nach unten, Leichtes nach oben. So bleibt der Schwerpunkt des Fahrzeuges weitgehend erhalten.

Hutablage immer frei lassen: Selbst kleine Gepäckstücke können sich bei einer Vollbremsung in gefährliche Geschosse verwandeln.

Staus entkommen: Wer um 4.00 Uhr startet, hat gute Chancen, besser durchzukommen.

Warndreieck und Verbandskasten griffbereit unter dem Beifahrersitz. Warnwestenpflicht beachten, am besten pro Insasse eine mitführen.

Für den Notfall: Decken, Taschenlampe und Thermoskanne mit heißem Tee mitnehmen."

Fehlende Nachfolger

Welche Eindrücke würde sie von ihrer Sizilien-Reise mitbringen? Sie war ja kunsthistorisch überaus interessiert und hatte sich sehr auf diese Reise gefreut.

Wann musst du zum Flughafen hin abbiegen? Wird ein schönes Wiedersehen. Braun gebrannt wird sie am Gate auf dich zukommen.

Man hatte auch beruflich gute gemeinsame Zeiten verbracht. Jahrzehntelang hatte man die Praxis in dem kleinen Allgäuer Städtchen geführt, dort gebaut, zwei Kinder großgezogen und das Landleben eigentlich genossen. Nur gelegentlich musste Katharina diese Idylle verlassen und eine ihrer Studienreisen unternehmen. Dich hat es seltener in die Ferne gezogen. Hat sie ihr Fernweh etwa an die Söhne weitergegeben? Obwohl beide Jungen Medizin studiert haben, will keiner die Landpraxis übernehmen. Berlin soll es sein oder München oder Düsseldorf.

Horst Zander zweifelte gelegentlich daran, ob er ein so guter Landarzt war wie sein Vorgänger. Der hatte ihm und seiner Frau die Praxis geschenkt, die gut und gerne für einige Zehntausend zu verkaufen gewesen wäre. Hatte auch keinen Nachfolger in der Familie. Kannte aber seine Patienten draußen in den Dörfern über Generationen hin sehr genau. Großer Anhänger der Homöopathie. Half gelegentlich mit einem dieser Mittelchen Frauen, die über hyperaktive Ehemänner klagten: „Tun sie ihm das einfach in die Suppe." Die Frauen haben sich nicht mehr beschwert.

Zander bewunderte den alten Medizinmann, der keinen Patienten aus seinem Sprechzimmer entließ, ohne ihn berührt zu haben, und sei es auch nur beim Blutdruckmessen. Seelendokter haben ihn die Leute draußen in den Dörfern genannt.

Sollte er sich an der nächsten Raststätte – ein Schild verwies auf Albheide – eine Suppe genehmigen? Genügend Zeit war noch, um dann zum Flughafen zu kommen.

In der Raststätte schöpfte er sich eine große Terrine Kartoffelsuppe und holte sich ein Vollkornbrötchen. Solches wird Katharina auf ihrer Reise sehr vermisst haben. Die Suppe war zu wenig gesalzen.

Die ersten 1000 Kilometer Reichsautobahn

„Größe und Wert der dem deutschen Straßenbau gestellten Aufgabe spiegeln sich naturgemäß im Werk der Reichsautobahn. Straßen sind nach Auffassung der nationalsozialistischen Technik Kunstwerke, ebenso wie die Bauten der Architektur … Der Kulturwille, der in allen Baumaßnahmen des nationalsozialistischen Reiches sich ausprägt, muss auch die Grundhaltung des deutschen Straßenbaus bestimmen … Aus diesem Kulturwillen ergibt sich auch unser Verhalten der Landschaft gegenüber, daher

Einpassung der Straße in die Landschaft, Achtung vor Baum und Strauch." Dies sagte Fritz Todt anlässlich der Fertigstellung der ersten 1000 Kilometer Reichsautobahn 1936.

Roter Preßsack

Sie hat mir die Kundschaft vertrieben, dachte Rudi Repple, während er mit seinem alten Daimler und dem Verkaufswagen im Schlepp in den Abendstunden auf der Autobahn von Stuttgart hinauf auf die Schwäbische Alb nach Herbrechtingen unterwegs war. Diesmal war Ute nicht dabei gewesen, weil sie sich auf einer Schönheitsfarm am Bodensee befand. Auch eine Wurstwarenfachverkäuferin müsse auf ihr Äußeres achten, hatte sie gesagt, war in ihren Clio gestiegen und davongebraust.

Ein paar Kunden hatten heute nach ihr gefragt, aber Repple hatte gemerkt, nachdem er den Verkaufswagen geöffnet hatte, dass eine Reihe von Leuten aus der Marktkundschaft zu seinem Wagen gekommen waren und zum Beispiel nach seinem roten Preßsack gefragt hatten. Es waren Leute darunter gewesen, die nicht mehr aufgetaucht waren, wenn Ute mit am Stand gewesen war. Repple hatte seine Frau immer wieder ermahnt, doch freundlicher und verbindlicher mit der Kundschaft umzugehen, war aber bei ihr auf taube Ohren gestoßen. Sie war immer wieder den Leuten gegenüber kurz angebunden gewesen, hatte ihnen nicht selten die Ware unwirsch auf die Glastheke geknallt und den Preis förmlich herausgebellt. Während Repple nun den Albaufstieg hinauffuhr, wurde er sich mit einem Mal bewusst, dass er damals, vor zwölf Jahren, die falsche Frau geheiratet hatte. Was nicht zuletzt auch daraus hervorging, dass sich dann Freunde und Bekannte von ihnen, den Repples, abgewandt hatten. So wie es nach und nach auch die Kundschaft getan hatte. Und dann hatte in Herbrechtingen auch noch die Metzgerei Lutz aufgemacht und hatte als sogenannte „Feinmetzgerei" firmiert, was noch einmal zu einem Einbruch bei ihm, Repple, geführt hatte. Nein, du hättest sie nicht heiraten sollen. Seit drei Generationen in Familienhand und jetzt geht's den Bach runter. Muss auf dem Markt verkaufen, um überleben zu können. Aber ihre Turnübungen im Bett, waren für ihn damals zu verführerisch gewesen. Und auch davon war in ihrem Liebesleben nicht mehr viel übrig geblieben.

Bei „Albheide" fuhr Repple raus und überprüfte die Anhängerkupplung. Als er sich wieder aufrichtete, fegte ein Windstoß über den Parkplatz. Repple roch darin den würzigen Duft seiner Wurstwaren im Wagen.

Mit wenig viel erreichen

„Der G. Sportsvan BlueMotion ist nicht nur für Sie komfortabel, sondern auch für die Natur äußerst angenehm. Schließlich wurde er mit zahlreichen verbrauchsreduzierenden Maßnahmen ausgestattet. So wurde seine Aerodynamik nicht nur durch das Senken der Karosse um 15 Millimeter verbessert, sondern zusätzlich durch ein spezielles Kühlerschutzgitter, ein teilweise geschlossenes Lüftungsgitter mit dahinter liegender Kühlerjalousie sowie einer optimierten Kühlergrillführung nochmals verfeinert. Weitere innovative Technologien wie das serienmäßige Start-Stopp-System, der Rekuperationsmodus zur Energierückgewinnung sowie das modifizierte 6-Gang-Schaltgetriebe tragen zusätzlich zur Sparsamkeit des G Sportsvan TSI Bluemotion bei. Klar, dass auch sein Herz absolut effizient schlägt: So verbraucht der eingebaute TSI-Motor lediglich 4,5 Liter auf 100 km und hat dabei einen Co-Wert von gerade mal 105 g/km. Schön, wie man mit so wenig so viel erreichen kann“.

Neuester Stand

Diese alten Kämpfer sind unverwüstlich, dachte Markus Rautenberg. Er hatte in Neu-Ulm Erwin Enderle besucht, der dort seit einiger Zeit in einem Heim für betreutes Wohnen lebte und der, trotz einer gewissen körperlichen Hinfälligkeit, es plagte ihn ein deutlicher Leberschaden, geistig und seelisch frisch und klar war wie ein Junger. Und als Rautenberg Enderle den neuesten Stand in Sachen Bahnprojekt Stuttgart 21 geschildert hatte und dabei offenbar in einen etwas klagenden und vielleicht sogar weinerlichen Ton verfallen war, hatte ihn der Alte angeherrscht, ob er denn glaube, man könne Widerstand leisten, ohne dabei von diversen Leuten oder von Institutionen wie etwa der Bahn, angefeindet zu werden. Er, Enderle, sei ja auch, ebenso wie Rautenberg, im Stuttgarter Gemeinderat gesessen und habe als linker, kritischer Einzelkämpfer manchen Strauß ausgefochten. Auch mit dem damaligen OB Rommel. Da seien die Fetzen nur so geflogen und er, Enderle, habe schon auch ein paar Blessuren davongetragen. „Also, Kopf hoch, Markus“, hatte Enderle gesagt, „der Kampf gegen das irrsinnige Bahnprojekt muss weitergehen und du bist dabei eine ganz wichtige Figur.“

Es tat Rautenberg gut, jetzt, auf der Heimfahrt, an

die Begegnung mit Enderle zu denken. Hatte der nicht auch ein Buch geschrieben? „Die schlaflosen Nächte des E.E." Das würde er sich beschaffen. Rautenberg merkte, wie ihn Zuversicht zu durchströmen begann. Als es über der Autobahn blauweiß „Albheide" hieß, wollte er dort kurz Rast machen und einen Cappuccino mit viel, viel Sahne trinken, so, wie er es gern hatte.

Sicherheit

„Aktive Sicherheitstechnologien einschließlich Aufprallvermeidungsfunktion und Notbremsautomatik werden gegenwärtig durch Software-Updates über Mobilfunk implementiert.

Dreistufiges, dynamisches LED-Abbiegelicht für optimale Sicherheit bei Nacht. LED-Nebelscheinwerfer. Zwei ISOFIX-Kindersitze, beheizte Vordersitze.

Mobilfunk-Dockingstation als optionales Zubehör erhältlich."

„Weißt du, Peter, als ich im Frühjahr die Stöcke geöffnet habe, waren sie leer, stell dir vor!"

„Ich hab auch schon oft über den Winter Völker verloren. An der Varroa-Milbe kommt keiner von uns vorbei. Bernhard, reg dich nicht auf, das ist Imkeralltag!"

Peter Ponath und Bernhard Merkel fuhren auf der A 8 Richtung Stuttgart, wo sie in Hohenheim einen Vortrag des Bienenspezialisten Dr. Heinz Lieblich anhören wollten. Dessen Buch „Einfach Imkern" stand bei beiden im Regal und man wusste um seine Fachkompetenz. In der Zeitschrift „bienen & natur" hatten sie den Hinweis auf den Vortrag gelesen und sich sofort verständigt, gemeinsam hinzufahren.

Bernhard erinnerte sich daran, wie er vor Jahren immer wieder von seinem kleinen Allgäuer Wohnort nach Stuttgart gefahren war, wo er in seinem Beruf als Metzger in dem Großbetrieb Schnäpple um 6.00 Uhr anfangen musste. Das war Vergangenheit. Jetzt konnte er zuhause bei seiner Frau und seinen Bienen sein.

Peter Ponath hatte von Bernhard Merkel das Imkern gelernt und Merkel hatte ihm schon zu Beginn ihrer Begegnung immer wieder das Wort von Albert

Einstein eingeschärft: Stirbt die Biene, stirbt der Mensch.

„Ja", sagte Bernhard Merkel, „bei der Varroa-Milbe siehst du dann die toten Bienen im Stock liegen. Der Befund ist eindeutig. Meine Bienen waren aber gar nicht mehr da!"

„Weißt du, die haben nicht mehr heimgefunden. Ich bin der Überzeugung, die vielen Handystrahlungen in der Atmosphäre könnten da eine Rolle spielen."

„Da werden wir den Dr. Lieblich fragen. Wenn einer so etwas weiß, dann er."

Peter Ponath hatte auf einmal Appetit auf Süßes.

„Lass uns an der nächsten Raststätte rausgehen und schauen, ob sie Schwarzwälder Kirschtorte haben."

„Vielleicht haben sie ja auch Bienenstich."

„Na, mal sehen."

Truckererin

Ich habe keinerlei familiäre Vorbelastung zum Beruf. Erst habe ich eine Lehre zur Pferdewirtin begonnen, hatte aber Probleme mit dem Chef. Als ich dann hörte, dass die Firma hier Berufskraftfahrer ausbildet, hat mich das neugierig gemacht und ich habe

2012 dort meine Lehre begonnen. Im Nachhinein kann ich sagen, dass es die beste Entscheidung war, die ich getroffen habe.

Wir sind von unserem Standort mit Absetz- und Abrollcontainern oder Multilift-Kranwagen im Rheinland unterwegs, überwiegend zur Entsorgung bei gewerblichen Kunden. Die Touren beginnen um 6.30 Uhr in der Frühe. Gegen 15.30 Uhr habe ich in der Regel Feierabend. Das ist ein großer Vorteil.

Alle Touren, die ich im Rahmen der Ausbildung kennengelernt habe, machen mir Spaß. Besonders gerne fahre ich Absetzkipper, die Lkw sind so wendig, da kommt man leicht überall rein. Auch Glascontainer hole ich gerne ab. Da muss man allerdings bis um zehn Uhr in die Fußgängerzone fahren. Manchmal merke ich, dass ich dann die Blicke der Passanten auf mich ziehe.

Viele Extras

„Viele Extras, die das Fahren entspannt machen, sind beim Tiguan „Trend & Fun“ bereits serienmäßig an Bord. Zum Beispiel die Klimaanlage und das Radiosystem ‚Composition Colour‘ mit CD- und MP3-Player. Die Front im Onroad-Design mit betont horizontaler Linienführung lässt das Fahrzeug zudem besonders dynamisch wirken."

Erzähl mir was vom Tod

Erzähl mir was vom Tod, so hatte die Ausstellung in Ulm gelautet, von der die beiden Ordensfrauen Hermenfrieda und Hiltrud nun auf der A 8 unterwegs waren. „Ja, es stimmt schon, unsere Einstellung zum Tod hat sich in der letzten Zeit entscheidend gewandelt", sagte Schwester Hermenfrieda. „Der Tod ist zum großen Tabu geworden." Und Hiltrud ergänzte: „Alle wollen jugendlich und erfolgreich sein. Alt werden und schwach, das will heut keiner mehr sein."

Dass so viele Menschen die Ausstellung besucht hatten, damit hatten die beiden Franziskanerinnen nicht gerechnet. Erstaunlich war auch gewesen, dass so viele Großeltern mit ihren Enkelkindern gekommen waren. „Freilich", sagte Schwester Hiltrud, „die wissen schon, dass sie vor den Enkelkindern sterben werden. Und anlässlich einer solchen Ausstellung fällt ihnen das Reden über den Tod und was danach ist, leichter." „Oder nicht ist", fügte Hermenfrieda lachend hinzu.

Eine Weile fuhren sie schweigend weiter.

„Da ist dann wohl der Gaul mit dir durchgegangen?“

„Wie bitte? Wobei denn?“

„Na, als du dich probehalber in den Sarg gelegt hast, der in der Ausstellung aufgestellt war! Wenn ich das im Hospiz erzähle, bricht dort das große Gelächter aus!“, sagte Hiltrud.

Sie schaltete in den dritten Gang und überholte einen Ford-Transit mit der Aufschrift „Lebenshilfe“, aus dem lachende Kinder herüberwinkten. Hermenfrieda hob die Hand zur Fensterscheibe und lächelte.

„Lass uns überlegen, wie wir das, was wir in der Ausstellung gesehen haben, in unsere Hospizarbeit einbauen können“, meinte sie.

„Die Ausstellungsidee mit dem ‚Wohnzimmer der Erinnerungen‘ können wir doch ganz bestimmt mit unseren trauernden Kindern umsetzen. Und wenn wir sie nur ‚Erinnerungskisten‘ bauen lassen.“

„Warum nur mit Kindern?“

„Ja, Erwachsenen täte das auch gut.“

Wieder schwiegen sie eine Zeit lang.

„Sag mal, wie alt ist eigentlich unser Golf?“

„Mit dem sind wir doch damals schon nach Lourdes gefahren. Das dürfte vor 15 Jahren gewesen sein. Ach, der hält noch ein Weilchen.“

An der Autobahn erschien nun das Schild „Albheide“.

„Was meinst du, wollen wir uns dort an der Raststätte ein gutes Stück Kuchen gönnen?“

„Gern. Wie sagte doch Hildegard von Bingen: Tu deinem Leib Gutes, damit deine Seele Lust hat, darin zu wohnen.“

In den rosigsten Farben

Scheiße, Scheiße, das ist doch Scheiße, wie dein Leben in den letzten Jahren gelaufen ist. Und jetzt bist du unterwegs, um am Stuttgarter Airport die Landebahn zu säubern, denen den Gummiabrieb von den Reifen der landenden Maschinen wegzukratzen. Das ist doch Scheiße. Und alles nur, weil du damals in der elften Klasse das Gymnasium geschmissen hast, um in die Firma einzusteigen.

Stefan Hallmann war mit dem Ford Transit der väterlichen Firma unterwegs nach Stuttgart Echterdingen. Er schleppte auf einem Anhänger die spezielle Reinigungsmaschine, die er und sein Vater konstruiert hatten und mit der der Abrieb, den die Fahrwerksreifen auf den Start- und Landebahnen hinterließen, beseitigt werden konnte. Sie verdienten gut, denn außer vier oder fünf kleinerer

Firmen, die ähnlich arbeiteten, hatten sie keine Konkurrenz.

Neulich war er mit früheren Klassenkameraden zusammengetroffen. Die meisten studierten, und als man ihn gefragt hatte, was er mache, hatte er die Firma und seine Tätigkeit in den rosigsten Farben geschildert und ihr eine eminent wichtige Funktion im Flugverkehr zugesprochen, was ja nicht ganz falsch war. Und dann hatte er, um mit den anderen doch noch mithalten zu können, gesagt, er werde das Abi nachmachen und dann studieren. Betriebswirtschaft wahrscheinlich. Solche Kenntnisse könne man in der Firma brauchen.

Plötzlich hörte Hallmann, dass hinten auf dem Anhänger, wo sich die Maschine befand, irgendetwas klapperte. Bei der nächsten Möglichkeit würde er auf einen Rastplatz rausfahren, um das Klappergeräusch zu beseitigen. Als Hallmann das Schild Albheide sah, auf den Parkplatz fuhr, anhielt und ausstieg, war er entschlossen, seinem Leben eine neue Wendung zu geben. Das Klappergeräusch wurde vom Metallkopf einer der Spanngurte, der sich ein wenig gelockert hatte, verursacht. Hallmann fasste den Gurt, stemmte sich mit dem Fuß gegen den Reifen des Anhängers und zog fest. Ja, dachte er, das ist die Lösung. Abi nachmachen und studieren. Seinem Vater würde er das schon schmackhaft machen.

Blick in den Kastenwagen

„Ich fahr jetzt auf den nächsten Rastplatz raus, und du steigst aus und überprüfst, was die da hinten machen“, sagte Achim Lehr, der den Kastenwagen fuhr. „Könnt sein, die Luft wird denen knapp“, sagte Christian Schott, „die Tür schließt ziemlich dicht.“ „Na, die werden halt auch da drin pinkeln und kacken, was die Luft nicht gerade besser machen wird“, meinte Christian Schott. „Du solltest mir jetzt meinen Anteil geben, die Achttausend.“ „Gleich, prüf erst mal, was da hinten los ist.“

Nachdem Lehr den Kastenwagen auf dem Parkplatz in eine Lücke zwischen zwei ungarische Lastzügen abgestellt hatte, stieg Schott aus, ging ans Heck des Kastenwagens, entriegelte die Tür und machte sie einen Spaltbreit auf. Beißender Gestank schlug ihm entgegen. Und er sah, sie lagen am Boden, wie von unsichtbarer Hand übereinander geworfen, auch Kinder waren darunter. Lehr schloss die Tür, verriegelte sie, ging nach vorn zur Fahrerkabine, und sagte mit halblauter Stimme zu Schott hinauf: „Komm wir hauen ab. Wir müssen abhauen, komme, komm.“ „Und der Wagen?“ „Scheiß auf den Wagen“, entgegnete Lehr, „den lassen wir hier stehen. Was denkst du, was passiert, wenn die Polizei kommt und entdeckt, was da hinten los ist“. Schott griff nach seinem Rucksack auf der Ablage hinter sich, zog die Fahrzeugpapiere aus der Seitentasche in der Tür, ließ den Autoschlüssel stecken, und nachdem sich auch Lehr seine Tasche aus dem Fußraum des Beifahrersitzes genommen hatte, stieg Schott aus, schlug die Autotür zu, und beide Männer gingen quer über den Parkplatz auf die hinter der Raststätte vorbeiführende Straße zu. Sie gingen nicht einmal schnell.

Zu viel Gepäck

„Oft weiß man gar nicht mehr, wohin mit all seinem Gepäck. Diese Frage stellt sich im GS zum Glück nicht. Schließlich lässt sich sein Kofferraum im Handumdrehen auf über 1.500 Liter vergrößern und damit zusätzliches Gepäck problemlos verstauen. Der variable Gepäckraumboden sowie viele weitere Ablagemöglichkeiten sorgen außerdem dafür, dass dabei auch alles an seinem Platz bleibt. Ab jetzt müssen Sie also auf nichts mehr verzichten, sondern können sogar noch mehr mitnehmen.“

Gewerbe – dreitausend Jahre alt

Um Gottes Willen, den nicht! dachte Dr. Roland Fischinger, als am Parkplatz der Raststätte ein junger Mann an die Seitenscheibe seines Wagens klopfte. Der Bursche, tätowiert bis zum Hals und mit Knöpfen in den Ohren, fragte dann aber sehr höflich, ob er Richtung Stuttgart fahre und ihn bis dorthin mitnehmen könne. Fischinger, der nicht als borniert gelten wollte, beugte sich zur Tür hinüber und öffnete sie.

Nachdem sie sich eine Weile über das Wetter und andere Belanglosigkeiten unterhalten hatten, fragte er ihn, was er denn so treibe.

„Sie werden staunen! Mein Gewerbe ist dreitausend Jahre alt. Ich bin Falkner."

„Oh", sagte Fischinger, „das ist ja interessant. Erzählen sie."

Eine Viertelstunde später hatte Fischinger erfahren, dass der junge Mann und sein Vater in ihrer Falknerei draußen im Remstal mit ihren Vögeln verschiedene Flugvorführungen vor Publikum veranstalteten.

Dicht über die Köpfe lasse er die Greifvögel fliegen. Besonders beliebt seien die Situationen, wenn er Fleischstücke in die Luft werfe und die Vögel in halsbrecherischen Manövern danach schnappten. Wanderfalken zum Beispiel, erzählte sein Passagier, würden im Sturzflug auf ihre Beute bis zu vierhundert Stundenkilometer schnell werden. Leider würden viele der Zuschauer immer wieder nur mit ihrem Tablets die Vögel filmen. „Die verpassen das Wesentliche, nämlich den Blick in die Augen des Tieres!"

Der Star unter ihren Vögeln sei ihr mächtiger Weißkopfseeadler, das Wappentier der Vereinigten Staaten. Fischinger erfuhr auch, dass das Vorbild für den deutschen Bundesadler der europäische Seeadler sei.

„Hat nicht schon Kaiser Friedrich die Falknerei hochgeschätzt?"

„Ja", antwortete sein Fahrgast, er habe sie sogar in den Rang der Künste erhoben.

Als Fischinger seinen Passagier an der S-Bahnstation in Cannstatt absetzte, war er froh, ihn mitgenommen zu haben.

Lebenszuversicht und Hoffnungskraft

Als Horvat Filipcic weiter über die Albhochfläche Richtung Stuttgart fuhr, fühlte er sich auf einmal hier, in Deutschland, in dem fremden Land, in dem er seit gut dreißig Jahren lebte, sehr zuhause. Hatte er es denn nicht auch zu etwas gebracht? Zu etwas Bescheidenem, schön, aber immerhin. Seine kleine Änderungsschneiderei lief gut; er hatte reichlich Kundschaft, darunter auch viele gediegene und angesehene Leute. Vor einiger Zeit hatte er einmal einen zusätzlichen Schneider eingestellt, aber der Laden hatte das nicht getragen und er musste ihn wieder entlassen. So arbeitete er für sich, hielt mit diesem Kunden ein Schwätzchen, erörterte mit jenem Herrn Doktor, der sich seinen grauen Anzug hatte weiter machen lassen, Ereignisse in der Stadt, etwa die Wahl des neuen Oberbürgermeisters. Und seine beiden Söhne hatten gute Positionen inne. Der eine arbeitete nahe Stuttgart in einer renommierten Werbefirma, der andere war in Berlin am Max-Planck-Institut tätig.

Filipcic kam soeben aus Zagreb, wo er vor seiner Emigration nach Deutschland gelebt und wo er vor zwei Tagen zusammen mit Familienangehörigen den sechzigsten Geburtstag seines Bruders gefeiert hatte. Und an einem Nachmittag hatte er einen Spaziergang durch die Stadt gemacht, war über den König-Tomislav-Platz mit seinem Reiterstandbild gegangen und hatte immer wieder gedacht, ja, auch hier bist du zuhause. Aber in Stuttgart bist du's auch.

Die Fahrt war lang gewesen, immerhin gut zehn Stunden. Er fühlte sich nun doch erschöpft. Doch dieses Gefühl einer Erschöpfung, einer Mattigkeit und das Gefühl einer heimatlichen Zugehörigkeit zu dem Land und zu der Landschaft, durch die er auf Stuttgart zufuhr, erzeugten in ihm eine Lebenszuversicht, eine Hoffnungskraft, wie er sie noch nie empfunden hatte. Als er das Hinweisschild Raststätte Albheide sah, wiederholte er mehrmals halblaut das Wort Albheide, weil es ihm so gut gefiel. Und dann begann er ein altes kroatisches Volkslied zu summen.

Pläne wurden belächelt

„Trotzdem wurden die Pläne der HAFRABA belächelt. Ziel des Vereins war Propagierung und baureife Planung eine Autostraße von den Hafenstädten Deutschlands über Frankfurt nach Basel. Sie sah aber ihre Aufgabe nicht darin, diese Autobahn auch zu bauen. Die Pläne der HAFRABA wurden weitgehend belächelt oder als Utopie abgetan. Um die Durchführbarkeit des Gesamtplanes unter Beweis zu stellen, war man deshalb schon früh zu der Auffassung gelangt, den Bau der Teilstrecke Main-Neckar (Frankfurt-Heidelberg) bis zur Baureife voran zu treiben. Zwischen 1927 und 1932 wurden die Pläne einschließlich Kostenvoranschlägen so detailliert ausgearbeitet, dass 1933 dort schon kurz nach der Verkündung der Absicht, das Netz der Reichsautobahnen zu erstellen, durch Hitler der erste Spatenstich erfolgen konnte."

Anständig fahren

Thomas Becker klopfte mit der flachen Hand erbost aufs Lenkrad. Ein schwerer Wagen hatte ihn geschnitten. Er musste scharf bremsen. Eine Bemerkung des Großvaters, damals ausgesprochen vor jeder längeren Fahrt: Ich wünsch dir, dass die anderen anständig fahren! kam ihm in den Sinn. Manche der Äußerungen des alten Mannes waren ihm vor Jahren lästig gewesen und insbesondere deren häufige Wiederholung. Jetzt aber konnte er sich damit anfreunden. Ich wünsch dir, dass die anderen anständig fahren, murmelte er. Und merkwürdig, Becker fiel jetzt die Kuckucksuhr ein, die der Großvater, er war Landarzt, im Wartezimmer seiner Praxis hängen hatte. Im Halbstundenrhythmus zeigten sich Kuckuck und Wachtel und verkürzten so die Wartezeit, insbesondere für Kinder. Niemand durfte an den Gewichten ziehen und auf einem Schild hieß es: Diese Uhr bediene nur ich.

Becker kam von einem Anästhesisten-Kongress

aus München. An der Raststätte Albheide würde er tanken, sich einen Imbiss genehmigen und sich dann bei den Verwandten in Stuttgart anmelden, bei denen sein kleiner Sohn ein paar Tage verbracht hatte: Zoobesuch, Märchengarten, Straßenbahnfahren … das volle Programm, wie auch er es als Kind dort erlebt hatte.

Noch komfortabler und bequemer

„Ein Mensch sitzt durchschnittlich über fünf Stunden am Tag. Schön, wenn man auch beim Autofahren gemütlich sitzt. Im G. Sportsvan mit Highline Ausstattung sorgen dafür die Top-Komfortsitze mit integrierten Lendenwirbelstützen für Fahrer und Beifahrer. In diesem Innenraum fühlt sich nicht nur Ihr Rücken wohl. Auch für Ihre individuelle Wohlfühltemperatur ist immer gesorgt – dank der modernen Klimaanlage ‚Climatronic' und dem optionalen beheizbaren Multifunktions-Lederlenkrad. So wird Autofahren für Sie noch komfortabler und bequemer."

Trucker

Ich komme aus den Niederlanden, aber dort war ich, wie man mir gesagt hat, schon zu alt für eine Ausbildung zum Berufskraftfahrer. Mein Vater fährt aber schon lange für B. und wohnt inzwischen in Deutschland. Er hat mir seine Firma vorgeschlagen. Nach zwei Gesprächen mit dem Betriebsleiter habe ich dann tatsächlich bei der Stadtreinigung eine Chance bekommen.

Mit insgesamt 26 Lkw, Front- und Heckladern, holen wir auf festen Touren Restmüll und Altpapier aus der Region rund um Limburg und bringen es zu uns aufs Gelände. Dort lagern wir ab. Den Restmüll bringen unsere Lkw zur Deponie und das Altpapier in die Werke. Die Arbeitszeit beginnt um sechs Uhr, am frühen Nachmittag ist Feierabend. In der Ausbildung habe ich noch keinen festen Lkw. Das ist aber kein Problem, so lerne ich alle Fahrzeuge unserer sehr modernen Flotte kennen.

Das Schöne am Job ist die Kollegialität und der sichere Arbeitsplatz. Müll wird immer produziert. Ich habe geregelte Arbeitszeiten, bin jeden Tag pünktlich dabeim und muss am Wochenende nicht arbeiten. Allerdings muss ich unter der Woche dafür recht zeitig ins Bett, um in der Frühe fit zu sein. Dafür nimmt mich mein Vater mit zur Arbeit und nach der Tour wieder mit nach Hause.

Platzrunde mit Marie

Mit Interesse hatte Joachim Boxbacher auf der Aero-Messe in Friedrichhafen die Segelflugzeuge mit Elelektroantrieb in der Ausführung von Druck- oder Zugschrauben gesehen. Nein, dachte er, er würde nicht auf solch einen Selbststarter umsteigen, sondern bei ihrem Segelflugdoppelsitzer ASK 21 bleiben, der im Windenschlepp gute Höhe und beim Kreisen in der Thermik gute Steigwerte auf ihrem Flugplatz Bischofsberg in der Rhön erbrachte. Als er neulich eine seiner kleinen Töchter mit ins Segelflugzeug genommen und mit ihr eine Platzrunde gedreht hatte, hatte das Kind vor Vergnügen gejuchzt. Das war doch was!

Demnächst würde es eine Mitgliederversammlung des Vereins geben. Sollte er sich in eine Funktion wählen lassen? Am Parkplatz der Raststätte Albheide legte er eine Pause ein. Er griff nach hinten, wo zwischen den beiden Kindersitzen sein Rucksack mit dem Handy lag, dann telefonierte er mit seiner Frau.

"Wie war's auf der Messe?"

„Viele Elektrostarter“, sagte er.
„Wär das was für dich?“
„Mir ist unsere gute alte ASK 21 lieber. – Was macht der Schnupfen von Marie?“

Bärenkräfte

„Es war ein mutiger Schritt, den Volvo mit der Einführung des neuen FH im Jahr 2012 unternommen hatte. Denn mit Blick auf den sehr erfolgreichen Vorgänger, der seit der Indienststellung anno 1993 sein Grundbaumuster kaum verändert hat, ließen die Schweden kaum einen Stein auf dem anderen. Am sichtbarsten wird das beim neuen Fahrerhaus, das mit der nun fast senkrecht stehenden Frontscheibe mit allen FH-Traditionen bricht. Der Aerodynamik scheint das aber nicht zu schaden, denn der Teillastverbrauch erweist sich als ziemlich niedrig. Die 540 PS mit dem 12,8 Liter großen Reihensechszylinder D13K ist Spitzenmotorisierung. Bei der Euro-6-Generation hat Volvo etwas Feinarbeit betrieben, was sich vor allem mit noch mehr Kraft im unteren Drehzahlbereich auswirkt. Optimal verwaltet werden die Bärenkräfte vom automatischen Getriebe i-Shift-DC in Verbindung mit dem vorausschauenden ‚I-See‘-Tempomat, der nach Anfangsschwierigkeiten mittlerweile einwandfrei funktioniert."

Im Tal gelegen

CZ hatte das Nationalitätenkennzeichen auf dem Sattelzug vor ihm gelautet, ehe Erwin Czermak dann an der Raststätte Albheide rausgefahren war. Und die Firmenaufschrift auf der Tür hatte auf eine Spedition in Brünn verwiesen. Franitsek Jahoda, Slovinká 48, CZ- 61200 Brno.

Brünn, ach, Brünn, dachte Czermak und der Lebensbericht der Mutter, verfasst in deren letztem Lebensjahr, fiel ihm ein. Und daraus der durch die Erinnerungen an die Flucht aus Brünn immer wiederkehrende Satz: Die Kinder haben viel geweint, die Kinder haben viel geweint. Seine Kinder- und Jugendzeit war jedoch nicht nur beschwert gewesen. In der Familie gab es emotionale Wärme und eine vom Vater geprägte Erzählbereitschaft, die immer wieder um das Leben der Familie in Brünn kreiste.

So kannte er die Stadt, lange bevor er sie in der Vergangenheit das erste Mal betreten hatte. Die auf Brünn bezogenen Erzählungen der Eltern waren stets farbig und detailgenau gewesen. Sie hatten diese Einzelheiten immer präsent und beschworen sie in vielen Gesprächen und haben sie ihm und dem Bruder auf diese Weise in die Seele gesenkt. Ja, und wenn er es recht bedachte, so hatte die geografische Lage Brünns durchaus Vergleichbares mit Stuttgart, wohin er jetzt unterwegs war. Beide lagen in einem weit gespannten Tal.

Er bestellte ein Bier – „pivko“ hatte die Mutter immer gesagt. Ein Mann dunkler Hautfarbe wischte den Boden. Von der Theke her rief jemand einen fremdländisch klingenden Namen. Der Mann hob den Kopf, nickte und lächelte.

Mühsames Geschäft

Günther Petereit hatte in Blaustein in einem offensichtlich viel frequentierten Ausflugslokal einen Abschluss für seine neue Biersorte gemacht. Nun war der Getränkevertreter gut gelaunt auf kleinen Straßen Richtung B 10 unterwegs und wollte von dort auf die A 8 Richtung Stuttgart. Trotzdem war das Geschäft mühsam, sehr mühsam. Die Sache war ja auch nicht sein Metier. Petereit, in der DDR groß geworden, hatte sich nach der Wende im Westen neu orientieren müssen und konnte, obwohl promovierter Diplomingenieur, in seiner Sparte nicht Fuß fassen. Schließlich war er nach einigen geschäftlichen Enttäuschungen und einer Insolvenz auf den Getränkehandel gestoßen. Das häufige Herumreisen rieb ihn auf und führte ihn immer weiter weg von seinem Wunsch, endlich eine Art Heimatort zu finden. So wie sich das die Eltern nach ihrer Flucht aus Ostpreußen auch erhofft hatten. Seine Schulzeit und sein Studium in der DDR hatten ihn durchaus verortet, was sich im Westen jedoch wieder aufgelöst hatte.

Eine kurze Strecke musste er hinter einem Lastwagen mit der Aufschrift Budweiser Bier fahren. Die Firma war im Getränkesektor sehr präsent. Das ärgerte Petereit. An der Raststätte Albheide fuhr er ab und wollte im dortigen Restaurant prüfen, ob sie eines seiner Biere führten. Auf dem Parkplatz kam er hinter einem Lastwagen zu stehen, der, wie einer Aufschrift zu entnehmen war, bayerisches Weissbier geladen hatte. Daneben war zu lesen: „Dem Durst auf den Fersen."

Ja, ist denn die ganze Autobahn ein einziges Bierlager geworden, dachte er.

Pole-Position

„Setzen Sie sich an die Pole-Position: Die Top-Komfortsitze der R-Line-Ausstattung sind auf Wunsch in der Leder-Variante ‚Vienna' erhältlich oder mit dem Stoff ‚Race' in Magnetitgrau. In diesem Fall sind die Sitzwangen mit der Microfaser ‚San Remo' in Anthrazit bezogen. Beide Varianten sind mit Ziernähten in Kristallgrau und dem R-Line-Logo in den Rückenlehnen der Vordersitze versehen."

Beruhigender Tee

So etwas hatte Thomas Hegemann noch nicht gesehen. Er kam von einer Ausstellung aus dem Ulmer Stadthaus, wo Arbeiten des Künstlers Normann Seibold gezeigt wurden. Seibold lebt in einer psychiatrischen Einrichtung. Bei seinen bildnerischen Arbeiten hatte er immer wieder mit bloßen Händen verschiedene Farbschichten aufgetragen. So waren reliefartige Strukturen entstanden, expressiv und schreiend. Hegemann verspürte eine seelische Affinität und innere Verwandtschaft zu den Arbeiten dieses Künstlers. Es hatte ihn getroffen. Er musste mehr über ihn erfahren.

An der nächsten Raststätte würde er erst einmal einen milden Tee trinken, um seine Erregung zu dämpfen. Als er kurz darauf in seiner Tasse rührte, sprangen seine Gedanken zurück in die Nazi-Zeit, in der eine solche Biographie nicht möglich gewesen wäre. Man hätte Seibold eliminiert.

Der rote Chrysler

Heiner Burger sah vor sich die dunkelrote Chrysler-Limousine zur Raststätte hin abbiegen. Das war der Lieblingswagen des Freundes gewesen. Burger hatte nie verstanden, was den Freund an diesem technisch längst überholten Wagen begeistert hatte, der sich nicht auf dem neuesten Stand der Automobiltechnik befand. Gern hätte Burger den Freund jetzt befragt, woher die Faszination für dieses Auto rührte. Er folgte dem Wagen, der zur Raststätte Albheide abbog.

Dort, bei Bockwurst und Kartoffelsalat, begann er sich Notizen für die Trauerrede auf den jüngst verstorbenen Freund zu machen. Kinder kamen herein und liefen lärmend umher.

Ach, was war er für ein Freund, schrieb er. Denn er war begabt für die Freundschaft wie selten einer. Und weiter flossen Burger die Stichworte aufs Papier: Zuverlässig und anteilnehmend. Talentiert für Identifikation mit anderen. Immer bereit zu hören und überlegt zu raten. Es war Freundschaft, die hielt. Auch in stürmischen Zeiten. Und solche hatte er wahrlich erlebt. Musste immer wieder körperliche Einschränkungen der schärfsten Art überstehen. Beklagte sich jedoch nie, hielt aus, was ausgehalten werden musste.

Als Journalist war er gestrenge Institution, von den Kollegen hoch geachtet und respektiert. Der Wahrheit und journalistischer Qualität stets verpflichtet. Ist selten geworden.

Heiner Burger schnitt von der Bockwurst ab und schob sich das Stück in den Mund, häufelte Kartoffelsalat auf die Gabel. Hier in der Raststätte, so fiel ihm plötzlich auf, war es sehr laut. Er nahm sich vor zu Hause seine Notizen zu vervollständigen. Nein, er würde keine Freunde dazu befragen. Er würde alles aus seiner Erinnerung an ihn hervorholen.

Draußen auf dem Parkplatz sah er den Fahrer des Chryslers rauchend an sein Fahrzeug gelehnt stehen. Nein, der Freund war kein Raucher gewesen.

Sympathie ungebrochen

Er warf einen Blick zu seiner Frau auf dem Beifahrersitz hinüber, zog die Handbremse an, als man bereits auf dem Parkplatz der Raststätte stand. Er lächelte. Sie waren jetzt vierzig Jahre verheiratet und seine Sympathie für Marta war ungebrochen. Er gestand sich ein, dass er sie wieder wählen würde, so wie er dies vor vierzig Jahren bei einem der Stadtfeste getan hatte, wo sie ihn am Stand eines Trödlers ansprach, als sie gerade eine bunte Halskette kaufte, sich in einem Spiegel betrachtete, dort auch den hinter ihr stehenden Fremden entdeckte, sich umdrehte und ihn fragte, ob ihr die Kette stehe. „Steht sie mir, was meinen Sie?" Sie passe zu ihren blauen Augen, hatte er gesagt. Dies hatte ihn sofort für sie eingenommen.

Dieses Buch, „An der Raststätte – Eine Exkursion", ist eine Textcollage. Sie gibt Einblicke in den Alltag der Trucker und in erzählerischer Form in das Leben und in die Biografien von Menschen, die an einer Raststätte einkehren oder dort arbeiten. Darüber hinaus greift der Text zurück auf die Geschichte des Autobahnbaus und der Raststätten im Dritten Reich. Werbetexte aus der Autoindustrie setzen weitere Akzente.

Quellenangaben

S.20-21
Über das Rasthaus Chiemsee, aus: www.Geschichtsspuren.de/verkehrsgeschichte/200-chiemsee-reichsautobahn-rasthaus. Datum 03.06.2019

S.23 / S.50-55 / S.63-65 / S.69-70 aus:
Rainer Stommer (Hg.) und Gabriele Philipp, "Reichsautobahn. Pyramiden des Dritten Reiches", Marburg 1982.

S.27 aus:
Gero Fehlhauer, „Die Geschichte der Reichsautobahn", Reichenbach/Vogtland 2006.

S.30-32 / S.79-80 / S. 97-98 aus:
Sven Felix Kellerhoff, „Der unzerrüttbare Mythos Autobahn", in: Die Welt 02.03.2012.

S.31-32

Über die Raststätte Rodaborn, aus: www.hermsdorf-regional.de/autobahn-rasthof. Datum 29.06.2019

Trucker-Biografien aus:

„Fernfahrer“, Heft 10/2014; Heft 11/2014; Heft 7/2015; Heft 11/2015/; Heft 12/2015; Heft 2/2016; Heft 4/2016 - EuroTransportMedia Verlags-und Veranstaltungs-GmbH, Stuttgart.

Sowie aus:

„Trucker“, Heft Oktober 2015, Verlag Heinrich Vogel, Springer Fachmedien GmbH, München

Werbetexte der Autoindustrie aus den Prospekten bzw. der Internetwerbung der Firmen:

Audi, Daimler, Tesla, Volkswagen, Volvo, Maserati

Auto Motor Sport, 01.07.2018, Motor Presse Stuttgart GmbH & Co.KG.

***

Bibliografische Information der Deutschen Nationalbibliothek
Die Deutsche Nationalbibliothek verzeichnet diese Publikation in der Deutschen Nationalbibliografie; detaillierte bibliografische Daten sind im Internet über http://dnb.dnb.de abrufbar.

Dischingerweg 5 · D-72070 Tübingen

Internet: www.kloepfer-narr.de
eMail: info@kloepfer-narr.de

CPI books GmbH, Leck

ISBN 978-3-7496-1007-5 (Print)
ISBN 978-3-7496-6007-0 (ePub)